LES CHOÉPHORES / LES EUMÉNIDES

Paru dans Le Livre de Poche :

Eschyle, Euripide et Sophocle
ÉLECTRE

Les tragiques grecs (Eschyle – Sophocle – Euripide)
THÉÂTRE COMPLET (*La Pochothèque*)

ESCHYLE

Les Choéphores
Les Euménides

TRADUCTION ET NOTES DE VICTOR-HENRI DEBIDOUR

INTRODUCTION ET NOTES COMPLÉMENTAIRES PAR ANNE LEBEAU

DOSSIER DE PAUL DEMONT

LE LIVRE DE POCHE
Théâtre

Victor-Henri Debidour (1911-1988) est notamment l'auteur d'*Aristophane par lui-même*, d'une traduction du *Théâtre complet* d'Aristophane et des textes d'Eschyle, Euripide et Sophocle dans *Les Tragiques grecs* (Le Livre de Poche, « La Pochothèque »).

Anne Lebeau a enseigné la langue et la littérature grecques à l'université Paris-IV. Elle est l'auteur de manuels, de travaux sur le théâtre grec classique, parmi lesquels *Introduction et théâtre grec antique* (avec P. Demont), et a, pour Le Livre de Poche, publié *Électre*, des pièces d'Aristophane (*La Paix*, *Lysistrata*) ainsi que l'introduction aux *Tragiques grecs*.

Paul Demont est professeur de langue et littérature grecques à l'université de Paris-Sorbonne, où il dirige l'école doctorale « Mondes anciens et médiévaux ».

ISBN : 978-2-253-08915-5 – 1re publication LGF

INTRODUCTION

Les Choéphores et *Les Euménides* sont la seconde et la troisième partie de *L'Orestie*, trilogie liée qui commence par *Agamemnon* et qu'Eschyle fit représenter à Athènes en 458 avant J.-C., deux ans avant sa mort.

Eschyle, fils d'Euphorion, est né en 526/525 à Éleusis ; sa famille faisait partie des nobles athéniens qu'on appelait les Eupatrides. Dès 499 il participa aux concours tragiques et remporta sa première victoire en 484. Ce qu'on sait de sa vie se résume à peu de choses, mais toutes significatives : il était en âge de combattre au moment où Darius, roi des Perses, décida d'envahir la Grèce, et il prit part en 490 à la bataille de Marathon où mourut son frère Cynégire. Dix ans plus tard, Xerxès, fils et successeur de Darius, reprit le projet de son père et lança contre les Grecs une armée de terre et une flotte immenses. Les Perses parvinrent jusqu'à Athènes, pillèrent la ville et incendièrent l'Acropole, mais ils subirent sur mer une écrasante défaite à Salamine ; là encore,

Eschyle faisait partie des combattants. Huit ans plus tard, il célébrait d'une manière éclatante la victoire des Grecs sur les Barbares en faisant représenter *Les Perses*, la plus ancienne des tragédies conservées. Invité à la cour d'Hiéron de Syracuse, comme le furent aussi Pindare ou Bacchylide, il fit en Sicile deux séjours, et mourut à Géla en 456.

Eschyle a donc appartenu à la glorieuse génération des « Marathonomaques » ; il a vu l'expulsion des tyrans, assisté à l'avènement de la démocratie athénienne que fondent solidement, en 508, les réformes de Clisthène, puis participé aux victoires sur les Perses, ces victoires inattendues et magnifiques qui rendaient légitimes les prétentions d'Athènes à l'hégémonie. Il est mort en un temps où sa cité était encore au faîte de sa puissance et de sa gloire, au début de cet âge d'or athénien qu'on appelle le « siècle de Périclès » ; de là sans doute l'accent d'optimisme et de confiance si sensible dans le finale des *Euménides*.

L'œuvre d'Eschyle ; la trilogie

Eschyle remporta de son vivant treize victoires aux concours dramatiques ; il fit représenter aux Grandes Dionysies soixante-treize ou peut-être quatre-vingt-dix pièces, et les Athéniens l'honorèrent après sa mort par une faveur exceptionnelle en décidant par vote d'accorder à qui le voudrait le droit de faire représenter à nouveau une tragédie du grand poète disparu. De son œuvre il ne nous reste aujourd'hui, outre de nombreux fragments, que sept tragédies, six peut-être si l'on met en doute, comme il arrive, l'authenticité du *Prométhée*. Une chose cependant apparaît clairement, la prédilection d'Eschyle pour la trilogie liée, cette structure dont *L'Orestie* est pour nous le seul exemple intégralement conservé, et qui paraît si représentative de son art et de sa pensée.

On sait que la cité athénienne organisait, à l'occasion des grandes fêtes de Dionysos, des concours dramatiques ; l'archonte éponyme, magistrat chargé de cette organisation, choisissait pour chaque concours trois poètes tragiques, et chacun d'eux devait présenter une tétralogie, c'est-à-dire un ensemble de quatre pièces, trois tragédies et un drame satyrique (ainsi nommé parce que le chœur y était traditionnellement composé de satyres, avec pour chef de chœur ou coryphée le vieux Silène, père nourricier et compagnon de Dionysos). Les sujets des drames pouvaient, à l'intérieur d'une même tétralogie, être empruntés aux légendes les plus diverses. En 431 par exemple, Euripide fit représenter une tétralogie composée de *Médée, Philoctète, Dictys* et *Les Moissonneurs* (drame satyrique perdu comme les deux dernières tragédies). Si *Médée* est la seule tragédie qui ait été conservée, du moins sait-on bien que les deux autres n'avaient rien qui les rattache à la légende de la Toison d'or ni aux amours tragiques de Jason et Médée : l'histoire de Philoctète appartient au cycle troyen et celle de Dictys à la légende de Danaé et de son fils Persée. Or Eschyle, lui, a choisi de composer de façon presque constante des trilogies liées, c'est-à-dire des suites de drames racontant les étapes successives d'une seule et même histoire ; pour ne citer que celles dont une partie au moins a survécu, on sait que, outre *L'Orestie* de 458, Eschyle fit représenter en 467 une *Thébaïde*, composée de trois tragédies intitulées *Laïos*, *Œdipe* et *Les Sept contre Thèbes* et d'un drame satyrique, *La Sphinx*, et quelques années plus tard, sans doute en 463, *Les Suppliantes*, *Les Égyptiens* et *Les Danaïdes,* trilogie complétée par le drame satyrique *Amymone* (une des cinquante filles de Danaos, qui fut aimée de Poséidon). Dans le volume consacré à Eschyle des *Tragicorum Graecorum Fragmenta* (vol. 3, Göttingen, 1985), S. Radt dresse une liste de cinq trilogies dont il est sûr qu'elles étaient liées et de quinze autres qui très vraisemblablement l'étaient aussi[1]. C'est dire qu'Eschyle a toujours privilégié cette structure dont on pense parfois qu'il fut l'inventeur ; et ce choix est d'autant plus significatif que Sophocle et Euripide ont au contraire abandonné l'un et l'autre presque complètement la trilogie liée ; on n'en connaît avec certitude aucune de Sophocle, et d'Euripide une seule, représentée en 415, composée de *Alexandre, Palamède* (tragédies perdues) et *Les Troyennes*, et que suivait un drame satyrique intitulé *Sisyphe*.

On voit bien les implications du choix d'Eschyle : la trilogie liée offre au poète une vaste perspective, qui va bien au-delà d'un destin individuel et dépasse le cadre d'une seule vie humaine pour embrasser, parfois sur deux ou trois générations successives, le destin d'une race entière. Des liens étroits se tissent

---

1. La liste pourrait s'allonger : voir A. J. Podlecki, « Aiskhylos the Forerunner », dans le vol. LV des Entretiens de la Fondation Hardt, *Eschyle à l'aube du théâtre occidental*, Genève, 2009, p. 319-362.

à travers le temps d'un individu à un autre, d'une génération à une autre, d'un crime à un autre crime. Dans la trilogie thébaine, la faute de Laïos et sa désobéissance au dieu de Delphes conduisent le roi à engendrer l'enfant qui va devenir parricide et incestueux, renouvelant ainsi et aggravant le poids de la malédiction qui pèse sur la race ; puis Œdipe, découvrant l'horreur de ses actes, se crève les yeux et maudit à son tour ses fils ; enfin, à la génération suivante, les frères ennemis, Étéocle et Polynice, cédant l'un comme l'autre au désir criminel de s'affronter, achèvent la ruine de la famille par un duel fratricide. « Elle remonte loin, chante le chœur des *Sept contre Thèbes*, la faute, bientôt expiée et qui pourtant subsiste, par trois fois réensemencée » (v. 742-744). Les dieux frappent les enfants pour faire expier les crimes de leurs pères, et les frappent en suscitant de nouveaux crimes qui doivent à leur tour être expiés ; ainsi s'accomplit la volonté divine et se révèle enfin, au terme d'une longue histoire, une justice dont les voies demeurent d'abord, et longtemps, impénétrables. Avec le temps, tout peu à peu s'éclaire et l'ordre s'installe : on verra comment *L'Orestie* raconte, à travers l'histoire de deux générations, celle d'Agamemnon fils d'Atrée et celle d'Oreste fils d'Agamemnon, en même temps que le passage, nécessairement progressif, du chaos et de la violence originelle à l'ordre, la lente formation de la cité et la consolidation de son unité. La trilogie raconte aussi la naissance d'un droit civique, cautionné par Zeus, qui s'exerce dans le cadre d'un tribunal humain, l'Aréopage, et se substitue au talion archaïque et à la vendetta familiale.

La tragédie à l'époque de L'Orestie

Née à Athènes dans la seconde moitié du VIe siècle avant J.-C., la tragédie grecque ne nous est véritablement connue qu'à partir des *Perses*, pièce représentée en 472, soit plus de soixante ans après la création du genre tragique. Il s'agissait sans doute, à l'origine, d'un genre presque entièrement lyrique ; la tradition veut que dans les dernières années du VIe siècle Thespis ait inventé le premier acteur en ajoutant au chant choral un prologue et une « tirade » ou *rhèsis* ; nous ne savons cependant que très peu de chose de la façon dont évolua le genre tragique au cours des décennies qui séparent la fondation des concours dramatiques en 534 de la représentation des *Perses*. Le chœur, composé à l'époque d'Eschyle de douze choreutes, et de quinze bientôt après, conserve pendant toute la période classique une place essentielle et un rôle dramatique parfois majeur, comme on voit dans *Les Euménides*, mais le dialogue parlé se développe considérablement. Un passage célèbre de la *Poétique* d'Aristote nous apprend qu'« Eschyle porta de un à deux le nombre des acteurs, diminua l'importance du chœur et donna le premier rôle au dialogue ; Sophocle porta le nombre des acteurs à trois » (*Poétique*, 1449a 16-18). Le théâtre classique n'ira jamais au-delà : trois acteurs – tous citoyens athéniens, donc tous des hommes – se partagent la totalité des rôles, les identités qu'ils assument tour à tour étant nettement distinguées par les costumes et les masques. Ce ne fut sans doute que vers la fin de sa carrière qu'Eschyle eut recours à un troisième acteur, que cette innovation soit ou non le fait de Sophocle. Les tragédies les plus anciennes, *Les Perses*,

Les Sept contre Thèbes et *Les Suppliantes*, ne nécessitent que deux acteurs. Le troisième, ou « tritagoniste », apparaît pour la première fois, en l'état de nos connaissances, dans *L'Orestie*, où le poète en fait un usage extraordinaire ; c'est le tritagoniste qui tient, dans *Agamemnon*, le rôle de Cassandre, fille de Priam : la prophétesse, captive d'Agamemnon, arrive sur scène en même temps que le roi vainqueur et reste sur le char qui l'a amenée jusqu'à Argos, immobile, sans prononcer un seul mot, pendant près de trois cents vers, avant d'entonner, en proie au délire prophétique qui la torture, un chant terrible où se mêlent images des crimes passés et visions des meurtres à venir, de la mort d'Agamemnon et de sa propre mort. C'est le tritagoniste aussi qui joue dans *Les Choéphores* le rôle étrange de Pylade, présent dès le prologue aux côtés d'Oreste, qui ne quitte jamais son ami, et qui jamais ne prononce une seule parole, au point que le public doit le prendre pour un personnage muet – comme il y en a souvent dans le théâtre grec et comme le sont en effet le Pylade de l'*Électre* d'Euripide et celui de l'*Électre* de Sophocle ; et puis soudain, au moment où la tension est à son comble, où Oreste, l'épée déjà tirée, debout devant sa mère qui le supplie, sent vaciller sa résolution et l'interroge, « Pylade, que dois-je faire ? » Pylade prononce trois vers : « Mais alors que fais-tu des oracles de Loxias, des édits rendus à Delphes, de la fidélité à tes beaux serments ? Dis-le-toi bien : il vaut mieux être en haine à tous plutôt qu'aux dieux » (v. 900-902). Il ne dira pas un mot de plus dans la pièce, et cette intervention unique, inattendue et solennelle, transforme tout d'un coup l'ami trop effacé du héros en vrai porte-parole d'Apollon.

Peu à peu donc, dans l'histoire de la tragédie, le dialogue parlé se développe et se diversifie, mais la structure du drame reste toujours fondée sur l'alternance des parties parlées et des parties chantées. Voici quelles sont, selon Aristote, les parties constitutives de la tragédie : « Le prologue, l'épisode, l'exodos et le chant du chœur, celui-ci se divisant à son tour en parodos et stasimon ; ces parties sont communes à toutes les tragédies, tandis que les chants qui viennent de la scène et les commoi sont particuliers à certaines d'entre elles » (*Poétique*, 1452b 16-18) ; prologue, épisodes – le nombre des épisodes est variable : il y en a quatre dans *Agamemnon*, trois dans chacune des deux tragédies suivantes – et *exodos* (ou « sortie ») sont les parties parlées du drame ; « le prologue est une partie complète de la tragédie qui précède l'arrivée du chœur ; l'épisode une partie complète de la tragédie qui se trouve entre des chants complets du chœur » (*Poétique*, 1452b 19-21), et on nomme *exodos* l'ensemble des scènes qui suivent le dernier chant choral et s'achèvent par la sortie des acteurs et des choreutes. Vient ensuite, dans le texte de la *Poétique*, l'énumération des parties lyriques : le chœur chante la *parodos* (« entrée ») en pénétrant dans l'orchestra et un *stasimon* à la fin de chaque épisode ; Aristote appelle « chants qui viennent de la scène » les parties chantées par les acteurs, monodies ou duos lyriques (*L'Orestie* n'en comporte pas) et *commoi* les dialogues lyriques entre le chœur et un ou deux acteurs ; *Les Choéphores* contiennent le commos le plus long que nous connaissions, celui que chantent, sur le tombeau du roi assassiné, ses deux enfants et les porteuses de libations (les choéphores) qui ont accompagné Électre jusqu'au tombeau de son père (v. 306-475).

Le cadre matériel ; le spectacle

Il n'est pas impossible que les premières pièces d'Eschyle aient été représentées sur l'agora d'Athènes où, à la fin de l'époque archaïque, on dressait chaque année un échafaudage destiné à accueillir le public pendant la durée des concours dramatiques. Mais dans les premières années du Ve siècle on édifia un théâtre sur le terrain consacré à Dionysos Éleuthéreus, sur le flanc sud de l'Acropole, juste au-dessus du petit temple qui contenait la statue du dieu venue au VIe siècle d'Éleuthères à Athènes. C'est là que furent représentés tous les drames de la période classique. Le théâtre de Dionysos était un édifice bien modeste : une aire en terre battue[1], l'ὀρχήστρα (*orchestra*, « lieu où l'on danse », et par conséquent espace réservé aux évolutions du chœur), entourée de gradins partiellement taillés dans le roc dont l'ensemble constituait le θέατρον (*theatron*, « lieu d'où l'on contemple »). Les archéologues considèrent – sans qu'on puisse trancher de façon certaine – tantôt que l'orchestra était circulaire et entourée de gradins diposés en demi-cercle, tantôt qu'elle était trapézoïdale et que les gradins, disposés en trois volées rectilignes, formaient un Π aux branches

1. Le pavage de marbre et les vestiges qu'on voit aujourd'hui sur le site proviennent du théâtre en pierre qui fut édifié en 330 et de remaniements d'époque romaine.

écartées. Le public, mais aussi les acteurs et les choreutes, entraient par deux rampes situées de part et d'autre de l'ensemble des gradins et appelées εἴσοδοι (« entrées »). Non loin de l'orchestra, à une place qu'il est impossible de fixer précisément pour les premières décennies du ve siècle, on édifiait un long baraquement de bois, appelé σκηνή (*skènè*) qui servait de magasin aux accessoires et de coulisse : on y entreposait masques, costumes, statues et praticables divers, et les acteurs venaient, pour interpréter un nouveau rôle, y changer de costume et de masque. Quel qu'ait été, à l'origine, l'emplacement de ce bâtiment, il n'était d'abord qu'utilitaire et le public, même s'il le voyait, n'était pas censé en tenir compte. L'action des premiers drames d'Eschyle se déroule non seulement en plein air comme ce sera toujours le cas dans le théâtre grec classique, mais aussi sans aucun décor de fond de scène ; on ne voit dans l'orchestra qu'un groupe de statues de divinités (*Les Suppliantes*, *Les Sept contre Thèbes*) ou un tombeau (celui du roi Darius dans *Les Perses*).

Il est difficile de dire avec précision à quel moment, et sous l'impulsion de quel poète, on décida d'édifier la *skènè* au sud de l'orchestra et en pleine vue du public, puis de l'intégrer à la fiction dramatique en utilisant la façade en bois de ce bâtiment rudimentaire comme élément de décor ; le baraquement, long d'environ douze mètres, peu profond, haut de quelques mètres à peine, figurera à partir de cet instant le palais des Atrides à Argos dans *Agamemnon* et dans *Les Choéphores*, le temple d'Apollon à Delphes puis celui d'Athéna sur l'Acropole d'Athènes dans *Les Euménides*, mais aussi bien, dans les drames de Sophocle, la tente d'Ajax dans le camp des Grecs en Troade, et la grotte où vit le malheureux Philoctète abandonné par les Grecs dans l'île de Lemnos. Eschyle, de même qu'il a su tirer parti de façon spectaculaire et saisissante de la présence toute nouvelle d'un troisième acteur, exploite aussitôt, dans *L'Orestie*, toutes les possibilités qu'apporte au spectacle ce nouvel élément de décor. Au début d'*Agamemnon* un personnage apparaît non pas devant la *skènè*, mais couché sur le toit du bâtiment : c'est le Veilleur aposté par Clytemnestre, et qui depuis dix ans guette l'arrivée du signal de feu qui doit apporter à Argos la nouvelle de la chute de Troie. Surtout, la façade du palais des Atrides marque dans les deux premières tragédies la frontière entre l'univers extérieur, celui de la cité que représente le chœur, un espace où les personnages évoluent en sécurité mais où peuvent aussi se tramer complots et perfidies, et l'intérieur, où les meurtriers sont à l'affût, ce palais que le chant halluciné de Cassandre décrit comme « un toit abominable aux dieux, complice de tant de forfaits ! Frères tués, têtes tranchées, abattoir d'hommes et sol suant de sang ! » (*Agamemnon*, v. 1090-1092). La porte centrale de la *skènè* dont, au début de la trilogie, Clytemnestre garde le seuil, s'ouvre comme les portes des Enfers pour que marchent à la mort Agamemnon et sa captive, puis, dans *Les Choéphores*, Égisthe et Clytemnestre enfin, entraînée à l'intérieur du palais par son propre fils.

L'intégration de la *skènè* à la fiction dramatique fut aussi à l'origine de l'invention de machines qui permettaient d'exploiter autant que possible, et dans la dimension verticale autant que dans la dimension horizontale, le nouvel espace ainsi délimité ; de ces deux machines, la *mèchanè* et l'*eccyclème*, la première, une grue actionnée par une poulie et qui portait une nacelle, permettait de faire apparaître au-dessus du bâtiment, comme en plein vol, les personnages surnaturels ; ainsi surviennent à la fin de certaines tragédies, et pour en faciliter le dénouement, ces dieux *apo mèchanès* que les Romains appelleront dieux *ex machina*. On a montré tout récemment[1] que l'Ombre de Clytemnestre qui apparaît en songe aux Érinyes au début des *Euménides* devait se trouver au-dessus des dormeuses, sur la nacelle de la *mèchanè*. L'autre machine du théâtre, l'*eccyclème,* permettait de faire apparaître à la vue du public des tableaux d'intérieur ; l'ouverture de la porte centrale de la *skènè* ne suffisait pas en effet à révéler de tels tableaux ; l'ombre qui régnait dans le bâtiment et la distance qui séparait le public de sa façade empêchaient les spectateurs de distinguer choses ou gens situés à l'intérieur. On avait donc installé dans l'axe de la porte une plate-forme montée sur des roues, qui « roulait » à l'extérieur, en vertu d'une convention parfaitement acceptée par tous, une partie de l'espace intérieur : l'*eccyclème* fait par exemple apparaître, dans *Agamemnon*, Clytemnestre triomphante, éclaboussée de sang, debout entre le cadavre du roi pris dans le « filet » de mort où elle l'a enveloppé avant de le frapper, et celui de Cassandre,

1. Jacques Jouanna, « Du mythe à la scène : la création théâtrale chez Eschyle », vol. LV des Entretiens de la Fondation Hardt, Genève, 2009, p. 57-111.

puis, au finale des *Choéphores*, un tableau que le poète a voulu très semblable à celui-là, Oreste debout, l'épée à la main, près des corps de ses deux victimes, et déployant devant le peuple d'Argos qu'il prend à témoin de son acte l'étoffe ensanglantée du filet meurtrier. C'est aussi l'*eccyclème* qui révèle, au début des *Euménides*, l'intérieur du temple de Delphes, les Érinyes endormies et la pierre sacrée, l'omphalos, près duquel Oreste est blotti en suppliant.

C'est ainsi que les poètes s'accommodaient au mieux des ressources du théâtre classique, si limitées qu'elles puissent nous paraître ; tantôt ils faisaient appel, comme on voit dans plusieurs scènes de *L'Orestie*, à tous les moyens matériels de ce théâtre, tantôt ils avaient recours à des personnages muets, dont le nombre n'a sans doute jamais été limité, pour remplir l'orchestra et créer de spectaculaires effets de foule : *Les Euménides* contiennent deux scènes à grand spectacle de ce genre, le procès d'Oreste qui se déroule devant une foule de jurés qu'Athéna elle-même est allée chercher et qui pénètrent dans le théâtre au vers 566 derrière un héraut, et le cortège qui escorte au finale les Érinyes devenues les Bienveillantes vers leur nouveau séjour, avec les porteurs de torche, les membres de l'Aréopage et les servantes d'Athéna venues à l'appel de la déesse. Le chœur tragique enfin offre d'un bout à l'autre des drames un spectacle riche et varié, non seulement grâce aux costumes des choreutes, parfois somptueux, comme les robes orientales richement ornées que portent les vieux conseillers du roi dans *Les Perses*, parfois pittoresques, comme l'accoutrement rituel des femmes qui accompagnent Dionysos dans *Les Bacchantes* d'Euripide ou les voiles noirs et les masques hideux des Érinyes de *L'Orestie*[1], mais surtout grâce à leurs chants et aux figures de danse sans doute très diverses qui les accompagnent.

L'Orestie

La trilogie liée est, on l'a vu, au centre de l'œuvre d'Eschyle. La signification de chacun des drames qui composent une trilogie est indissociable du déroulement des deux autres, et si chaque drame possède une unité indéniable, c'est de l'unité de la trilogie que se dégage le sens profond de l'œuvre. La solidarité des parties d'une trilogie liée n'est jamais plus évidente que dans le cas des trilogies qui nous sont parvenues incomplètes et dont l'interprétation est, de ce fait, particulièrement difficile ; aussi s'efforce-t-on inlassablement de reconstruire les drames perdus pour éclairer de façon plus sûre le sens de l'ensemble. Le hasard de la transmission des textes antiques a voulu qu'une trilogie, *L'Orestie*, nous parvienne dans son intégralité[2] ; c'est aussi dans son intégralité qu'il faut d'abord l'envisager et tenter de la comprendre.

Il est facile de mettre en évidence la façon dont les trois drames se succèdent sans aucune rupture,

---

1. Elles étaient d'une laideur si repoussante que certains racontent, selon la *Vie* anonyme du poète, qu'à leur apparition sur scène les petits enfants prirent la fuite et les femmes enceintes avortèrent (*Vie d'Eschyle*, 7). **2.** Il ne nous reste plus, cependant, que quelques brefs fragments du drame satyrique *Protée* qui complétait la tétralogie de 458.

même si plusieurs années séparent le second du premier, et quelques mois seulement le troisième du second. Le retour d'Oreste et la vengeance, c'est-à-dire le contenu des *Choéphores*, sont annoncés à deux reprises dans *Agamemnon* ; c'est d'abord Cassandre, prophétesse inspirée par Apollon, qui affirme avant d'aller à la mort : « Les dieux du moins ne laisseront pas notre mort sans vengeance : un autre viendra un jour pour nous venger : un fils, pour tuer sa mère et faire justice au nom de son père. Exilé, errant, refoulé loin de ce sol, il reviendra mettre ce couronnement aux atrocités des siens » (v. 1279-1284). Et si Cassandre sait, de science certaine, que le retour d'Oreste est voulu par les dieux, la cité d'Argos, par la voix du chœur, espère de son côté la venue du vengeur : « Oreste est vivant, oui, quelque part sous le soleil, pour revenir ici guidé par le sourire de la Fortune, et se faire de ce couple triomphalement le bourreau ! » (v. 1646-1648) ; à Égisthe qui le menace, le Coryphée oppose, dans la dernière scène du drame, la protection que sera pour lui le retour d'Oreste « conduit par le Ciel » (v. 1667). En ce sens, le prologue des *Choéphores* enchaîne directement sur la fin d'*Agamemnon* : « Je rentre sur ce sol et j'y reprends ma place », dit Oreste (v. 3) avant de formuler sur le tombeau de son père cette fervente prière : « Ô Zeus ! donne-moi de venger la mort de mon père, et que Ton bon-vouloir se fasse mon allié ! » (v. 18-19). L'enchaînement qui conduit des *Choéphores* aux *Euménides* est plus évident encore : Oreste annonce lui-même, à la fin des *Choéphores*, sa décision de gagner le sanctuaire de Delphes, comme Apollon lui a prescrit de le faire ; il prend soudain la fuite, poursuivi par les Érinyes qu'il est seul à voir mais dont il fait une description saisissante (v. 1048-1050) ; le début des *Euménides* montre en effet que les « chiennes enragées de [s]a mère » ont suivi sa piste jusqu'à Delphes où il s'est réfugié en suppliant, et la description que fait la Pythie des Érinyes endormies dans le temple (v. 46-59) fait ressurgir les images que suggéraient, à la fin de la tragédie précédente, les plaintes horrifiées d'Oreste déjà en proie au délire. L'épée du jeune homme d'ailleurs est toujours couverte du sang de sa mère, « épée fraîchement arrachée de quelque plaie » (v. 42), comme si le meurtre venait tout juste d'être commis et l'Ombre de Clytemnestre, apparaissant quelques instants plus tard aux déesses dans leur sommeil, invite les Érinyes à contempler sur son corps les traces des coups qu'elle a reçus (v. 103).

Si l'enchaînement des faits est particulièrement clair, l'unité de l'ensemble de la trilogie est encore plus nettement assurée par la récurrence de motifs ou d'images qui tantôt se répètent exactement d'un drame à l'autre, tantôt se transforment quand l'angoisse peu à peu laisse place à l'espoir et la soif de vengeance au désir de réconciliation. La façon dont se répondent presque exactement, comme on l'a vu, les tableaux qui font soudain apparaître dans *Agamemnon* la meurtrière debout entre ses deux victimes et dans *Les Choéphores* Oreste entre le corps de sa mère et celui d'Égisthe signifie clairement que de l'une à l'autre tragédie la justice se ramène toujours à une vengeance exercée avec violence, justice purement rétributive, fondée sur un talion sans pitié : le meurtre doit être vengé par le meurtre (*Cho.*,

v. 312-313 : « Coup pour coup, mort pour mort ! qui a fait, doit subir »). Sans doute voit-on bien que Clytemnestre a sacrifié non seulement celui à qui elle entend faire payer la mort de sa fille Iphigénie, mais aussi l'innocente Cassandre, alors qu'Oreste souligne à plusieurs reprises la nécessité objective qui l'a poussé à tuer, outre la meurtrière, l'homme qui était complice du crime et qui avait usurpé le trône de son père ; sans doute aussi peut-on et doit-on opposer au triomphe de Clytemnestre, à la joie sauvage qu'elle affiche[1], l'ultime hésitation d'Oreste et son désarroi. Il reste que l'écho d'un tableau à l'autre illustre une même conception de la justice, celle que les Érinyes justement défendent avec acharnement dans la dernière pièce : « Ceux qui, chargés de crimes comme l'homme que voici, cachent des mains sanguinaires, nous témoignons sans fléchir contre eux, et nous nous dressons sur leur route en requérant jusqu'à la dernière goutte le sang qu'ils doivent aux morts ! » (*Eum.*, v. 316-320).

Mais les choses changent avec le temps, et Athéna bientôt substituera à cette justice archaïque une loi nouvelle, qui mettra fin à l'enchaînement inexorable des meurtres. Une image, une couleur plutôt, symbolise de manière spectaculaire cette évolution : dans

1. « Et voilà, il crache sa vie à lui ; gisant, il dégorge un âpre jet de sang noir qui fait gicler sur moi les gouttes du carnage. Ô joie ! – comme, pour la semence, une pluie que lui accorde le ciel au moment où le germe éclate de son enveloppe » (*Agam.*, v. 1388-1392) ; et encore : « Vous le voyez, lui ? c'est Agamemnon, mon époux : un cadavre ; ouvrage dûment signé, de bonne main, par moi qui en suis l'auteur. Voilà » (v. 1404-1406).

les deux premières tragédies, le rouge est symbole de violence et de meurtre, qu'il s'agisse des riches étoffes de pourpre qu'Agamemnon foule aux pieds avant de pénétrer dans le palais où l'attend la mort, ou de celui du filet où le roi a été pris, du « piège » rouge encore du sang de son père assassiné, qu'Oreste déploie devant le peuple argien à la fin des *Choéphores* ; ces rouges sinistres laissent place, dans le cortège final des *Euménides*, à une couleur qui ne connote plus le crime ni la haine mais la réconciliation et la célébration solennelle de ses dieux par la cité athénienne : le rouge des « surplis de pourpre » (v. 1028) que revêtent les Bienveillantes, désormais adoptées par Athènes et dévouées à la prospérité de l'Attique, et qui contraste tant avec les voiles noirs qu'elles portaient jusque-là, c'est celui des tuniques que revêtent les métèques pour participer, avec l'ensemble de la cité qui les a accueillis sur son sol, à la procession des Grandes Panathénées ; la « clarté éblouissante des torches » qui accompagnent le cortège (v. 1022) referme la trilogie sur un éclat qui répond à celui du « flambeau, messager de lumière » qu'aperçoit enfin, après dix ans d'attente, le Veilleur au tout début d'*Agamemnon* (v. 22). Athéna enfin, pour mieux sceller la réconciliation, propose aux déesses de la vengeance un talion d'un nouveau genre, où les bénédictions répondront aux bénédictions : « grâces tu répandras, grâces on te rendra » (*Eum.*, v. 868).

Des deux premières tragédies de *L'Orestie* à la troisième, un autre changement se produit, qui donne aux *Euménides*, couronnement du vaste ensemble de la trilogie, une solennité particulière : les dieux en sont les principaux personnages. Sans doute sait-on bien, dès le prologue d'*Agamemnon*, que les actions des hommes sont surveillées, cautionnées ou punies par les dieux. C'est Artémis qui a exigé du roi le sacrifice de sa propre fille (*Agam.*, v. 134-151), c'est Zeus qui a frappé Troie, armant le bras d'Agamemnon de sa « pioche justicière », pour punir Pâris d'avoir violé les lois de l'hospitalité (*Agam.*, v. 525-526), c'est Apollon qui a ordonné à Oreste de venger son père (*Cho.*, v. 269-297) ; et c'est Zeus aussi qui dépêche contre les coupables les Érinyes vengeresses : Troie tout entière a péri parce que, chez les Priamides, « Zeus hospitalier avait conduit – noces de deuil – l'Érinys vengeresse » (*Agam.*, v. 747-749). Cassandre, prophétesse inspirée, sait bien que, depuis le crime d'Atrée, la troupe des Érinyes n'a plus quitté le palais des Atrides : « Elle a bu du sang humain, et elle est à demeure sous ce toit dont on ne la chassera pas aisément, la bande des Furies liées à la race » (*Agam.*, v. 1188-1190) ; Clytemnestre même le proclame : celui qui a agi par son intermédiaire, c'est « le Génie de vengeance, antique, inexorable, provoqué par Atrée et son festin macabre qui, livrant au couteau un homme en force d'âge [Agamemnon], l'a offert en rançon pour de faibles enfants [les enfants de Thyeste] » (*Agam.*, v. 1500-1504). Et pour que l'omniprésence des dieux apparaisse en pleine lumière, présages, prophéties, songes et oracles se multiplient, qui sont autant de signes par où les Immortels font connaître aux hommes leur volonté. Mais s'ils manifestent à tout instant leur vigilance et leur puissance, s'ils font clairement entendre leur voix par la bouche de prêtres ou de prophètes

(Calchas et Cassandre dans *Agamemnon*, les prêtres de Delphes dans *Les Choéphores*), jamais ils n'apparaissent en personne ; dans les deux premiers drames de *L'Orestie*, aucun personnage divin ne se mêle de façon visible au monde des hommes.

Dans *Les Euménides*, tout change ; dès le prologue apparaissent sur scène, à côté des simples mortels que sont la Pythie et Oreste, la troupe des Érinyes qui constituent le chœur de la tragédie, puis Apollon et Hermès, et bientôt après Athéna. L'action se déroule non plus devant le palais des rois, mais devant les demeures des Immortels, le temple d'Apollon à Delphes, puis celui d'Athéna sur l'Acropole d'Athènes. Car les forces surnaturelles, dieux olympiens ou sombres divinités de la vengeance, que les hommes redoutaient, respectaient ou priaient comme à distance jusque-là, sont désormais présentes au milieu d'eux. Si les Érinyes, au finale des *Choéphores*, apparaissaient déjà à Oreste, les femmes du chœur ne voyaient là que le signe d'une imagination en délire. Pourtant la vision préparait le spectacle à venir ; les hallucinations d'Oreste étaient les prémices de la folie qui peu à peu s'emparait de son esprit (v. 1023-1024 : « C'est la déroute, mes esprits ne m'obéissent plus »), elles étaient aussi l'annonce de l'apparition concrète des Érinyes au début des *Euménides* : au lieu de susciter contre les coupables un vengeur humain devenu leur instrument – Agamemnon contre les Priamides, Clytemnestre contre Agamemnon – elles se lancent elles-mêmes à la poursuite du meurtrier. Cette présence visible des déesses est un des aspects du processus de dramatisation par où, dans la dernière tragédie de *L'Orestie*, la loi ancienne et la loi nouvelle sont l'une et l'autre incarnées, la première par la troupe des Érinyes, la seconde par Apollon et Athéna. Au lieu d'un débat, d'une confrontation d'idées, c'est à un affrontement entre des personnages qu'on assiste désormais, et l'enjeu est d'une telle importance que les personnages qui s'affrontent sont des divinités. Les dieux sont donc là, sur le théâtre ; ils se mêlent aux hommes dont ils dirigent l'action et dialoguent avec eux. Les morts eux aussi, auxquels les premières tragédies accordaient tant de place, apparaissent en pleine vue : l'attention se concentrait, dans la première partie des *Choéphores*, sur le tombeau d'Agamemnon ; Oreste, Électre et les servantes du palais invoquaient longuement le roi assassiné ; tous savaient bien que le songe qui avait fait crier d'angoisse Clytemnestre était le signe d'une colère toujours vive et que sous terre l'ombre d'Agamemnon réclamait vengeance. « Dis-moi, ne te réveilles-tu pas à de pareils outrages ? » demandait Oreste à son père, et Électre en écho : « Dis-moi, ne relèves-tu pas ta tête bien-aimée ? » (v. 495-496) ; mais la longue prière s'achevait sans que jamais surgisse de dessous terre le mort tant imploré. Dans *Les Euménides*, l'Ombre de Clytemnestre à son tour réclame vengeance, mais le songe par lequel elle excite les Érinyes contre son meurtrier ne fait pas simplement l'objet d'un récit comme celui où les choéphores décrivaient à Oreste le songe terrifiant de sa mère (*Cho.*, v. 523-539) ; de même qu'apparaissent à la vue de tous aussi bien les divinités olympiennes que les déesses de la vengeance, de même voit-on sur scène – ou plutôt au-dessus de la scène – le fantôme de la reine assassinée.

Telle est, dans ses grandes lignes, l'évolution qui conduit de la première à la dernière pièce de la trilogie. Aux deux premiers drames dans lesquels se succèdent meurtre et contre-meurtre s'oppose la dernière tragédie qui s'achève par une réconciliation solennelle dans le cadre de la cité : on est ainsi passé de l'individu à la collectivité – la disparition d'Oreste dès le résultat du vote (*Eum.*, v. 777) est l'indice le plus clair de cet effacement de l'individu –, de la race des Atrides à l'ensemble de la cité, du mythe aux réalités institutionnelles et politiques d'Athènes au milieu du ve siècle. Et la trilogie tout entière se construit, à travers cette évolution, autour d'un thème central, celui de la justice[1].

Les Choéphores *ou la vengeance*

Enchaînant directement sur *Agamemnon*, *Les Choéphores* s'insèrent dans une chaîne sans fin d'actions violentes qui viennent venger une action précédente, elle aussi violente, et appellent à leur tour un prochain châtiment. Clytemnestre entendait obtenir, par le meurtre de son époux, la juste rétribution du sacrifice d'Aulis : « La Justice vient de clore le compte ouvert par la mort de mon enfant » (*Agam.*, v. 1432) ; elle subira bientôt la juste rétribution de son acte. Égisthe, seul des enfants de Thyeste qui ait survécu à l'abominable festin, considère lui aussi que

1. Le mot grec *dikè* a diverses acceptions (notion abstraite de justice, droit, mais aussi châtiment, procès, sentence, etc.). Le texte exploite sans cesse cette polysémie.

la mort du fils d'Atrée vient en bonne justice venger les enfants massacrés par son père : « Même la mort, je l'accepterais de bon cœur, ma foi, maintenant que je l'ai vu, lui, pris dans les filets de la Justice[1] » (*Agam.*, v. 1610-1611) ; la même justice rétributive lui vaudra bientôt la mort. Et Cassandre prédit que les dieux exigeront, pour faire payer les meurtres qui se préparent, une contrepartie absolument exacte : « Je veux qu'après ma mort vous portiez pour moi témoignage de tout cela, le jour où pour moi il en mourra une autre – femme pour femme – et où pour le mari d'une indigne épouse un autre tombera – homme pour homme » (*Agam.*, v. 1317-1319). *Les Choéphores* montrent en effet l'accomplissement par Oreste de la vengeance que prédisait Cassandre ; dès la parodos, le chœur chante la vigilance de Dikè (Justice) qui tôt ou tard atteint le coupable (v. 61-65) ; Électre achève sa prière en invoquant à son tour « les dieux, la Terre et Dikè triomphante » (v. 148) ; avec Oreste enfin entre dans le palais des rois d'Argos Dikè, « l'authentique fille de Zeus » (v. 950), et cette justice sans cesse invoquée et célébrée est celle qui appelle un meurtre pour venger un meurtre ; le Coryphée énonce avec gravité, au début du long commos que vont chanter les deux enfants d'Agamemnon sur le tombeau de leur père, cette loi inexorable de réciprocité : « [...], que Zeus daigne accorder le dernier mot au camp que rallie la Justice ! "Quand la haine a parlé, que la haine réponde !" C'est la dette à éteindre, et le cri souverain de Justice

1. Agamemnon meurt pour payer le sacrifice d'Iphigénie à Aulis, mais aussi pour payer le crime de son père Atrée.

l'exige. "Coup pour coup, mort pour mort ! : qui a fait doit subir !" Du triple fond des âges sonne cette voix-là » (v. 306-314).

Les hommes ne font en effet, en appliquant ce talion implacable, qu'obéir aux ordres des dieux et à la loi imposée par Zeus : les femmes du chœur souhaitent la venue de celui qui saura « tuer en retour » (v. 121 : ἀνταποκτενεῖ), et de son côté Apollon, dont l'oracle fait connaître aux hommes la volonté de Zeus, a ordonné à Oreste de « tuer en retour » (v. 274 : ἀνταποκτεῖναι) les assassins de son père. Ce devoir de vengeance, s'agissant de meurtre, incombe en effet à la famille ; la mère venge la mort de sa fille, le fils celle de son père : « De ces murs même, non d'ailleurs, non du dehors, viendra la guérison », chantent les choéphores (v. 471-473). Chaque vengeur, en ce sens, accomplit un devoir, et chacun tour à tour se proclame justicier. Clytemnestre se vante d'avoir tiré du meurtrier de son enfant une juste vengeance (*Agam.*, v. 1432), et, dans *Les Choéphores*, Oreste définit la lutte à venir comme un conflit qui opposera « le Droit au droit » (*Cho.*, v. 462), non parce qu'il pense que Clytemnestre a réellement pour elle la justice, mais parce qu'il sait qu'elle peut fort bien la revendiquer. Dans *Les Euménides* encore, chacun se réclame d'une justice qui lui est propre, les Érinyes se plaignent que les « jeunes dieux […] veulent, par-delà toute justice, avoir pleins pouvoirs sur le monde entier » (v. 162-163), et Apollon, de son côté, condamne leur « justice d'abattoir » (v. 187), indigne du monde grec ; Athéna reconnaît avec sagesse que chacune des deux parties défend en effet une « juste » cause : « Elles, de leur côté – dit-elle à Oreste en parlant des Érinyes –, ont des droits difficilement récusables » (*Eum.*, v. 476). Aussi bien, dans cet enchaînement sans fin de crimes qui vengent d'autres crimes, meurtriers et victimes tendent à se ressembler. Si Clytemnestre est un serpent (*Agam.*, v. 1232-1234, Cassandre : « Où trouverais-je le nom qu'il faut à cet exécrable monstre ? une vipère à deux têtes, je ne sais quelle Scylla dans son repaire de roc… ? » ; *Cho.*, v. 247-249 : « Vois les aiglons orphelins : leur père est mort dans les nœuds enchevêtrés d'une atroce vipère »), Oreste, en tuant sa mère, devient serpent à son tour (*Cho.*, v. 549-550 : « Moi je suis le Serpent qui la tuerai, comme le marque son rêve ! »).

Les Érinyes sont au service de cette justice inexorable ; dépêchées par Zeus pour infliger au coupable le châtiment, elles vengent surtout le sang versé à l'intérieur de la famille. Dans l'*Iliade*, ce sont les malédictions lancées par les parents qui déchaînent contre les enfants les Érinyes vengeresses : Amyntor, le père de Phénix, « lançant sur son fils force imprécations », invoquait contre lui les Érinyes cruelles (*Iliade*, IX, 453-454), et quand la mère de Méléagre, dans sa douleur du meurtre de ses frères, maudit son fils, « l'Érinys au cœur impitoyable, qui marche dans la brume, du fond de l'Érèbe, entendit sa voix » (IX, 571-572). Chez Eschyle encore, les fils d'Œdipe, Étéocle et Polynice, finissent par s'entre-tuer, victimes de « l'Érinys appelée par les vœux d'un père » (*Sept contre Thèbes*, v. 723). Plus sûrement encore, le meurtre d'un parent lance les Érinyes à la poursuite du criminel. Mais de même que les « lois anciennes » – comme les qualifieront dans *Les Euménides* les jeunes dieux – finissent par opposer « le Droit au droit » (*Cho.*, v. 461), de même elles suscitent entre Érinyes d'insolubles conflits : l'oracle d'Apollon a annoncé les « assauts des Furies provoquées par l'assassinat d'un père » (v. 283-284) ; pour leur échapper, Oreste doit tuer sa propre mère, qui à son tour déchaînera contre lui les déesses attachées à la vengeance ; « Prends garde, lui dit Clytemnestre, songes-y bien : les Furies maternelles vont te mettre aux abois », et son fils répond : « Et celles de mon père, comment y échapper si je renonce ? » (v. 924-925). Quel que soit son choix, Oreste sait qu'il ne peut échapper aux terribles déesses. L'application d'un strict talion et la vendetta familiale apparaissent comme la source d'un malheur sans issue.

Un passage pourtant, dans *Les Choéphores*, suggère la possibilité d'un changement ; au moment où elle s'apprête à verser sur le tombeau de son père les libations envoyées par l'épouse meurtrière, Électre se demande quelle prière peut accompagner cette offrande, et les servantes qui l'entourent la pressent de demander le prompt châtiment des coupables. « Que demanderai-je ? » interroge Électre, « Un juge ? Un exécuteur de justice ? » (v. 118 et 120) ; le Coryphée choisit sans la moindre hésitation : « [...] dis : un tueur. C'est leur tour ! » Il reste cependant que le mot « juge » (δικαστής) a été prononcé, qui laisse entendre qu'il existe une autre voie, et que le vengeur peut venir d'ailleurs que du sein de la famille. En ce sens le vers prépare à distance le procès qui occupe la deuxième partie des *Euménides* : dès le prologue de la troisième pièce, Apollon promet en effet à Oreste que des juges (δικαστάς) le délivreront à jamais de ses maux (*Eum.*, v. 81-83) ; les Aréopagites seront ces « juges du sang versé » qu'Athéna se charge de désigner elle-même. (*Eum.*, v. 483).

Les Euménides *et le tribunal de l'Aréopage*

C'est donc un tribunal composé de juges humains qui jugera le crime d'Oreste, substituant pour toujours à la vendetta familiale une justice rendue dans et par la cité. En créant ce tribunal, pour lequel elle-même fait choix des meilleurs des citoyens (*Eum.*, v. 487), Athéna inaugure un nouvel ordre civique et consacre, avec la caution de Zeus, l'immense progrès qui conduit à une justice rendue, sans aucun esprit de vengeance mais au terme d'une démarche rationnelle, par une instance extérieure à la famille et composée de représentants de la cité. Ce tribunal siégera désormais à Athènes, sur la colline d'Arès.

On ne trouve pas trace, dans la tradition antérieure à *L'Orestie*, d'un procès d'Oreste devant l'Aréopage athénien. Selon certaines sources, Oreste avait en effet été jugé et acquitté à Athènes, mais par un jury composé des douze grands dieux. Il n'est pas impossible qu'Eschyle ait eu le premier l'idée de faire juger le meurtre de Clytemnestre par le tribunal de l'Aréopage et de faire du procès d'Oreste l'occasion de la fondation de ce tribunal. Pour étayer cette histoire, il invente encore, selon toute apparence, que la « colline d'Arès » fut ainsi nommée parce que les Amazones, au temps où « elles envahirent de leur armée ce sol en haine de Thésée », y offraient des sacrifices à Arès (*Eum.*, v. 685-690). Pourtant, une tradition bien établie, qu'Eschyle choisit délibérément d'ignorer, racontait que le premier procès pour meurtre qui s'était déroulé sur l'Aréopage avait été celui du dieu de la guerre, Arès, meurtrier d'Halirrhothios. Poséidon, père d'Halirrhothios, avait cité le meurtrier de son fils devant un tribunal composé d'Olympiens, réuni sur la colline au pied de laquelle était mort le jeune homme et qui avait depuis reçu le nom de « colline d'Arès ». La version que choisit Eschyle et dont il est peut-être l'inventeur lui offre l'occasion non seulement de célébrer Athènes avec éclat mais encore de donner à la fondation du plus ancien des tribunaux du sang athéniens une solennité exceptionnelle et une importance décisive aussi bien dans l'évolution du droit que dans l'histoire de la cité.

Ce choix prend sans aucun doute une résonance particulière en 458. L'Aréopage, ancien conseil aristocratique où entraient de droit, à leur sortie de charge, les plus hauts magistrats civils, les archontes, n'était pas seulement un tribunal, il était aussi gardien des lois et, selon Aristote (*Constitution d'Athènes*, III, 6), « prenait en tout la part la plus importante à l'administration de la cité ». Ce rôle est bien celui qu'assigne Athéna au tribunal qu'elle vient de fonder : « Incorruptible, scrupuleux, prompt et âpre à sévir, tel est le tribunal que j'institue pour être un Œil toujours ouvert, veillant au chevet du pays » (v. 704-706). Mais quelques années seulement avant la représentation de *L'Orestie*, en 462/461, les démocrates athéniens, conduits par Éphialte, réussirent à faire voter une réforme qui retirait à l'Aréopage la plupart de ses droits politiques pour les répartir entre les deux assemblées populaires, l'Ecclèsia et la Boulè. Les compétences de l'Aréopage se limiteraient désormais aux crimes de sang. Rien ne permet de savoir si Eschyle était ou non conservateur, ni comment il jugea cette réforme de l'Aréopage ; la chose est d'ailleurs de peu d'importance : le détail des institutions compte moins, à coup sûr, que l'ordre et l'harmonie auxquels aboutissent la fondation de ce tribunal de haute justice, l'appel à la concorde, la réconciliation patiemment acquise par Athéna entre la loi nouvelle voulue par Zeus et les redoutables démons de la vengeance, enfin l'intégration des Euménides dans la cité athénienne ; loin d'être vaincues, les Érinyes en effet conserveront à jamais cet honneur (*timè*) dont elles se montrent si jalouses, et continueront à exercer sur les hommes un « souverain contrôle » (v. 930-931).

Aussi bien la sentence rendue par le nouveau tribunal indique-t-elle clairement que la moitié des juges partagent l'avis des Érinyes et souhaitent voir Oreste condamné. Le jeune homme n'est acquitté que par une convention de procédure dont Athéna prend l'initiative (v. 752-753 : « Cet homme est absous du crime de meurtre, au bénéfice de l'égalité des voix »), mais l'horreur du matricide n'est pas effacée. Apollon, qui montre tant de mépris et de haine pour la « justice d'abattoir » que défendent les Érinyes et qui s'est présenté à la fois comme témoin à décharge et comme « codéfendeur » (v. 579), a prononcé devant les juges un plaidoyer que le Chœur juge scandaleux : « [La mère] n'est que la nourrice d'un germe dont elle a reçu la semence. La vie vient du mâle qui l'a saillie » (v. 658-660). Aux yeux du public athénien, l'idée devait paraître familière : la métaphore du sillon féminin ensemencé par l'homme est en tout cas récurrente dans la tragédie et certains savants, dont Anaxagore, soutenaient que la semence est engendrée par le mâle tandis que la femelle ne fournit que le lieu[1]. L'argument paraît cependant dans le contexte de *L'Orestie* d'autant plus discutable que l'affrontement entre Oreste et Clytemnestre dans *Les Choéphores* n'atteint une telle intensité dramatique qu'à cause de l'existence des liens puissants qui, en dépit de tout, unissent une mère à son fils. Les paroles par lesquelles Athéna justifie son vote en faveur d'Oreste (v. 734-738 : « Je n'ai pas eu de mère pour me donner la vie, et je suis acquise au sexe mâle, de tout mon cœur – sauf pour me marier. Je suis ardemment du côté du père ») ont aussi de quoi déconcerter et ne semblent pas indiquer toute l'impartialité qu'on peut attendre d'un juge ; mais s'il est vrai qu'elles reflètent en partie la situation respective de l'homme et de la femme dans la société contemporaine, il faut aussi et surtout y voir le souci de faire accepter la volonté de Zeus : porte-parole de son père, Athéna cite le « témoignage éclatant » de Zeus transmis par l'oracle d'Apollon (v. 797-798), et affirme mettre en Zeus sa confiance et sa force (v. 826).

---

1. D'après Aristote, *Génération des animaux*, IV, 1, 763b. Sur tout ce qui touche à la représentation de l'homme et de la femme et à l'opposition des sexes dans *L'Orestie*, voir F. Zeitlin, « Dynamics of misogyny in the *Oresteia* », *Arethusa*, 11, 1978, p. 149-184.

Après le départ d'Apollon puis d'Oreste, il faut encore apaiser la colère des Érinyes qui, fidèles à la conception de la justice qu'elles n'ont cessé de défendre, promettent à Athènes une atroce vengeance : « Nos cœurs exsuderont un crachin délétère : une lèpre en sortira par laquelle avortera – ô Justice ! à moi, Justice ! – jeune pousse et embryon, ravageant les vies humaines » (v. 782-787). À force de patience, de courtoisie et de sages raisons, Athéna vient à bout de la fureur des déesses et peut se féliciter du « don de charme et d'apaisement » (v. 886) que Persuasion a conféré à ses paroles : les Bienveillantes acceptent enfin le séjour qui leur est offert, tout près de l'Aréopage, là où les *Semnai* avaient en effet un sanctuaire, où les Athéniens leur rendaient un culte, où ceux que le tribunal de l'Aréopage avait déclarés innocents venaient sacrifier et se purifier. Athéniens et Athéniennes les y conduisent en un long cortège qui célèbre les déesses, la paix, la cité de Pallas, et s'achève par le cri rituel, joyeux et triomphant, l'*ololugè*.

Anne LEBEAU.

L'Orestie

* *

Les Choéphores

ANALYSE

Oreste est rentré en secret à Argos pour venger son père. Voyant arriver un cortège de femmes, il se cache (v. 1-21). Ces femmes sont Électre avec des Servantes que Clytemnestre, alarmée par un songe, envoie rendre un culte propitiatoire au tombeau d'Agamemnon. Après s'être concertées, elles font les libations, mais pour implorer au contraire le châtiment de la reine et d'Égisthe (v. 22-163). Électre découvre les offrandes déposées par Oreste et devine qu'elles sont de lui (v. 164-211). Il se montre et se fait reconnaître. Longue scène où le frère et la sœur, auxquels s'associe le Chœur, chantent leur joie de se retrouver, leur douleur d'orphelins, leur haine pour le couple abominable et leurs espoirs d'en faire justice (v. 212-509). Oreste expose son plan : pour gagner la confiance de Clytemnestre et d'Égisthe, il va se présenter comme un étranger chargé d'annoncer la mort d'Oreste (v. 510-584). Le Chœur évoque le châtiment de plusieurs grandes criminelles (v. 585-652).

Oreste paraît, Clytemnestre reçoit la nouvelle de la mort de son fils en masquant ses sentiments ; elle fait entrer l'étranger (v. 653-729). La Nourrice d'Oreste, désespérée, part sur l'ordre de la reine à la recherche d'Égisthe. Le Chœur lui conseille de faire en sorte qu'il vienne sans escorte (v. 730-782) et, après son départ, chante l'espoir d'un châtiment impitoyable (v. 783-837). Égisthe arrive, entre au palais où Oreste l'égorge aussitôt (v. 838-884). Clytemnestre, attirée par les cris, sort du gynécée : elle comprend tout, implore son fils, mais celui-ci après un instant d'hésitation l'entraîne à l'intérieur pour l'abattre (v. 885-945). Le Chœur célèbre le triomphe de la justice vengeresse (v. 946-972). Oreste reparaît, couvert de sang. Il veut se persuader qu'il n'a été qu'un légitime justicier. Mais l'épouvante le saisit devant ce qu'il a fait ; les Furies se lèvent contre le parricide. Il s'enfuit, éperdu, pour aller se faire suppliant du dieu Apollon dont l'oracle avait armé son bras (v. 973-1076).

PERSONNAGES

ORESTE.

CHŒUR de femmes âgées, captives troyennes devenues servantes au palais royal.

ÉLECTRE.

CLYTEMNESTRE.

Un SERVITEUR.

La NOURRICE d'Oreste.

ÉGISTHE.

PYLADE.

Un PORTIER.

La scène est à Argos. Au fond, la façade du palais des Atrides. Au premier plan, un tertre funéraire avec un autel : c'est le tombeau d'Agamemnon.

Entrent Oreste et Pylade.

ORESTE

Hermès de Dessous-terre, exauce ma prière, ô Gardien vigilant du pouvoir paternel ! Assure mon salut et soutiens mon combat ! Je rentre sur ce sol et j'y reprends ma place. Au pied de ce tombeau, je m'adresse à mon père avec solennité : qu'il m'entende et m'exauce !... *(Il pose sur le tombeau, l'une après l'autre, deux boucles de ses cheveux.)* Si cette boucle est un hommage à l'Inachos, qui nourrit mon enfance, cette deuxième, ici, est un tribut de deuil. Car je n'étais pas là, père, pour lamenter ton destin, et mon bras ne t'a point salué pour la levée du corps[1]...

---

1. Ces neuf premiers vers sont tout ce qui nous reste du début de la pièce, dont le manuscrit commence à : « Qu'aperçois-je ? »

Un cortège de femmes en deuil sort du palais.

Qu'aperçois-je ? Cette procession de femmes qui s'avance dans un déploiement de voiles noirs ? Qu'est-il arrivé ? Qu'est-ce à dire ? L'affliction vient-elle de nouveau visiter ce palais ?... Ou bien serait-ce pour mon père ? Est-ce que je présume juste, en pensant qu'elles lui apportent de ces libations qui désarment les morts ?... Oui, pas de doute. Car c'est Électre, je crois bien, c'est ma sœur qui s'avance dans le déploiement de son deuil et de son chagrin. *(Levant les yeux au ciel)* Ô Zeus ! donne-moi de venger la mort de mon père, et que Ton bon-vouloir se fasse mon allié ! *(Se retournant vers son compagnon)* Pylade, postons-nous à l'écart : je veux voir exactement ce qu'il en est de la pieuse démarche de ces femmes.

Ils se retirent. Entre le Chœur.

LE CHŒUR

[Strophe I]

Hors du palais je m'avance, sur ordre,
pour des libations,
et mes poings frappent dru pour rythmer le cortège.
Mes joues portent la marque
des estafilades sanglantes
dont mes ongles les ont fraîchement labourées.
Car mon cœur éternellement

Ils nous ont été conservés par Aristophane, et par deux scholiastes anciens. – L'Inachos, fleuve d'Argolide, est ici le symbole du pays natal : Oreste vient à la fois venger son père et reconquérir son fief.

ne se nourrit que de sanglots :
dans ma douleur j'ai fait crisser
lacérées en lambeaux, perdues,
les étoffes de lin qui drapent ma poitrine
d'où les coups du malheur ont banni toute joie.

[Antistrophe I]

Il perce loin, ce devin du palais,
ce songe horrifiant[1]
qui a fait du sommeil, quand la nuit n'a point
naître un vent de furie : [*d'heure,*
il a hurlé, d'un fond d'alcôve,
un message d'angoisse accablant qui s'abat
sur les appartements des femmes...
Avec la caution des dieux
les interprètes de ce songe
ont proclamé que sous la terre
la rancune des morts déchaîne sa fureur
contre leurs assassins et crie haro sur eux !

[Strophe II]

Ce digne culte – indigne ! –, une femme d'enfer
(ô Terre maternelle !...)
m'envoie fébrilement le rendre
pour détourner la catastrophe...
En risquant de tels mots, j'ai peur...

---

1. Un songe a épouvanté Clytemnestre (que le chœur nomme à la strophe suivante « femme d'enfer ») ; le cri angoissé qu'elle a poussé, en pleine nuit, est interprété par tous comme le signe de la colère du mort et l'annonce d'une vengeance imminente ; c'est en ce sens que l'angoisse est « devin » (v. 929 : Oreste à Clytemnestre : « Elle présageait juste, la terreur que t'a inspirée ton rêve ») ; le songe sera décrit et clairement interprété par Oreste aux vers 523-550.

Comment se laverait le sang qu'a bu la terre ?
Ô foyer où crient tous les deuils !
Ô palais, quels écroulements !
Le soleil s'éteint, et une ombre
qui saisit d'horreur les humains
vient ensevelir les demeures
où la Mort a frappé le maître.

[Antistrophe II]

La vénération qui, d'oreille et de cœur
et contre tout assaut,
contre toute attaque ou épreuve,
pénétrait le peuple jadis,
a cédé la place à la peur !
Le succès, en ce monde, est dieu, et plus qu'un dieu.
Mais Justice pèse sur tous :
Les uns, Son regard les atteint
bien vite, en plein midi ; les autres
attendent plus tard pour pâtir :
jusqu'aux confins du soir qui tombe,
ou jusqu'au plus fort de la nuit.

[Strophe III]

Le sang a giclé, le sol nourricier
l'a bu :
un stigmate vengeur s'incruste
que rien ne lavera !
Son horreur térébrante
traîne le coupable en longueur,
mais pour pâtir elle lui fait
pleine mesure, et regorgeante !

[Antistrophe III]

Qui force l'alcôve où dort une fille,
jamais
nul remède à cet attentat...

Et pour purifier
la main souillée de sang
tous les fleuves du monde ensemble
viendraient-ils confondre leur cours,
c'est en vain qu'ils la baigneraient !

[Épode]

Moi que les dieux ont soumise au destin
qui pesa sur notre cité,
qu'ils ont chassée hors du toit de ses pères
pour vivre dans la servitude,
force m'est bien de prendre en gré, juste ou injuste,
ce qui m'est commandé,
en dominant l'âcreté de ma haine.
Mais sous mes voiles, mes pleurs vont
aux désastres immérités
qui ont frappé tel de mes maîtres.
Ce deuil que je cache, il me glace !

ÉLECTRE

Servantes, vous qui assurez le bon ordre de la maison[1] – puisque vous êtes ici pour m'escorter en cette démarche de propitiation, prêtez-moi aussi vos conseils à son sujet. Que dois-je dire en versant ces libations funéraires ? Quels mots pour me concilier mon père ? En quels termes le supplier ? Dois-je dire : « De la part d'une épouse aimante, à son mari bien-aimé ? » – quand c'est de la part de ma mère ! Je n'en ai pas le courage. Vrai, je ne

1. Il y a peut-être ici une allusion amère visant Clytemnestre. Si, grâce aux Servantes, le « bon ordre » règne matériellement au palais, le désordre moral y est à demeure.

sais que dire en versant ces offrandes sur la tombe de mon père… Ou bien la formule d'usage : « Reconnais dignement les soins de ceux qui t'adressent ces hommages »[1] ? Ou encore sans un mot, ignominieusement (c'est bien ainsi, après tout, qu'est mort mon père !) répandre tout cela sur le sol qui le boira, et jeter le vase en détournant les yeux, comme on se débarrasse d'un objet peccamineux ? Aidez-moi à en décider, amies, ouvrez-moi vos conseils : ne nourrissons-nous pas ici la même haine ? Ne me cachez pas, par crainte de quelqu'un, votre pensée intime. Devant le destin, qu'on soit personne libre ou dépendante d'autrui sous la haute main d'un maître, c'est même chose. *(Un silence. Au Coryphée)* Parle, veux-tu, si tu as mieux à proposer ?

LE CORYPHÉE

Avec toute la vénération que je voue, comme à un autel sacré, à la tombe de ton père, je parlerai, puisque tu l'ordonnes, du fond du cœur.

ÉLECTRE

Parle comme te dicte cette vénération pour le tombeau de mon père.

---

1. Le v. 95, peut-être interpolé, explicite le sous-entendu sarcastique d'Électre : « en leur octroyant ce que méritent leurs crimes ».

LE CORYPHÉE

En versant, appelle bénédiction sur ceux dont le cœur est avec lui.

ÉLECTRE

Qui donc nommerais-je comme tel parmi ses proches ?

LE CORYPHÉE

D'abord toi-même, et puis quiconque tient Égisthe en haine.

ÉLECTRE

C'est donc pour moi et pour toi que je ferai cette prière ?

LE CORYPHÉE

Tu devrais deviner seule : réfléchis mieux.

ÉLECTRE

Qui pourrais-je ajouter encore qui soit de notre bord ?

LE CORYPHÉE

Souviens-toi d'Oreste !… Il a beau être loin…

ÉLECTRE

Excellent ! La bonne idée que tu me donnes – la meilleure !

LE CORYPHÉE

Et maintenant, pour les coupables… Souviens-toi du meurtre !

ÉLECTRE

Que demanderai-je ? Instruis-moi. Je ne sais comment m'y prendre, explique.

LE CORYPHÉE

Qu'ils voient venir quelqu'un, dieu ou homme…

ÉLECTRE

Un juge ? Un exécuteur de justice ? Quel mot employer[1] ?

LE CORYPHÉE

Tout simple, dis : un tueur. C'est leur tour !

ÉLECTRE

Cela, de ma part, les dieux n'y verront pas un blasphème ?

LE CORYPHÉE

Depuis quand ? Rendre le mal à qui nous en a fait !

---

1. Le mot « juge » suggère, pour la première fois dans la tragédie, la possibilité d'un procès pour meurtre.

Électre prend le vase et s'apprête à répandre la libation autour de la tombe.

ÉLECTRE

Puissant Porte-parole du Ciel et des Enfers, viens à mon aide, toi, Hermès de Dessous-terre ! Sois mon porte-parole pour que les dieux d'En-bas, dont l'œil ne quitte pas la maison de mon père, entendent ma supplique, et que la Terre même, qui tout fait naître, et nourrit tout, et tout reprend pour former d'autres vies, écoute ici l'appel que je fais à mon père par la libation lustrale offerte aux morts. « Aie donc pitié de moi, de notre cher Oreste, afin que nous soyons les maîtres sous ce toit ! Pour l'instant, nous n'avons feu ni lieu, autant dire : vendus par notre mère pour se payer un homme – Égisthe, oui, son complice en ton assassinat. Moi esclave – ou tout comme – et Oreste exilé, dépossédé… Eux autres tiennent insolemment leurs ébats dans le faste acquis par tes épreuves. Ah ! qu'un bon vent ramène Oreste auprès de nous ! Je t'adresse ce vœu, mon père, exauce-le ! Et moi, accorde-moi d'avoir le cœur plus chaste, et de loin, que ma mère, et la main plus pieuse ! Pour nous, voilà mes vœux. Quant à nos ennemis… Que surgisse, entends-moi, un vengeur pour ta cause, et qu'à leur tour périssent ceux qui t'ont fait périr, mon père : c'est le Droit ! Je mets sur les genoux de qui doit y veiller cette imprécation que je jette contre eux. Mais pour nous, sois celui qui fait monter des grâces, avec l'assentiment des dieux, et de la Terre, et du Droit triomphant ! »

Voilà les souhaits dont j'accompagne ma libation.

À vous, vocératrices, de leur donner l'éclat rituel d'un hymne chanté au mort.

LE CHŒUR

Lancez vacarme de sanglots,
deuillez de pleurs le deuil du Maître mort,
devant cette bastille[1]
du crime et du fidèle amour !
Lavez la tache et détournez l'affront
des libations sacrilèges !
Majesté sainte, écoute ! Ô Maître, écoute-moi,
pauvre lueur d'âme dans l'ombre !
Hoïoïoïoïoïoï !
Qu'il vienne, le héros, la lance vigoureuse
qui délivrera la Maison
en faisant vibrer dans sa main
l'arme que l'archer scythe
ploie et détend dans la bataille,
et brandissant l'épée
au corps à corps pour frapper à plein poing !

ÉLECTRE

Le sol a bu : la libation a atteint mon père. *(Brusquement)* Mais quelle surprise !... Écoutez, que je vous en fasse part !

---

1. C'est le tombeau d'Agamemnon, où ses ennemis puisent leurs forces (puisqu'il est mort) et ses amis la leur (pour en appeler à lui).

LE CORYPHÉE

Parle… J'ai le cœur qui danse d'épouvante.

ÉLECTRE

Sur le tombeau, je vois… ici… une boucle coupée !

LE CORYPHÉE

Cheveux de qui ? D'un homme, ou bien d'une fille[1] ?

ÉLECTRE

Facile à deviner : c'est à la portée de n'importe qui.

LE CORYPHÉE

Se peut-il qu'à mon âge ta jeunesse ait à m'en apprendre ?

ÉLECTRE

N'est-il pas quelqu'un – autre que moi – qui puisse se les être coupés ?

LE CORYPHÉE

Ceux à qui appartiendrait d'entretenir son deuil le haïssent. Cette mèche…

---

1. Le texte ajoute l'épithète homérique « à la ceinture profonde » (cf. *Perses*, v. 155).

ÉLECTRE

Mais voyons ! Il est tout à fait semblable, ce flocon…

LE CORYPHÉE

Aux cheveux de qui ? Parle : je veux savoir.

ÉLECTRE

De moi-même, tout à fait ! Quelle parenté d'aspect !

LE CORYPHÉE

Alors ?… Ce serait Oreste ? Une offrande de lui, faite en cachette, ici !

ÉLECTRE

Cela ressemble en tous points à ses boucles à lui.

LE CORYPHÉE

Mais comment a-t-il eu l'audace de venir en ce lieu ?

ÉLECTRE

Il a fait porter cette mèche coupée en hommage à son père.

LE CORYPHÉE

Ample surcroît de larmes pour moi, ce que tu dis là[1]. Jamais plus il ne poserait le pied en ce pays ?

ÉLECTRE

Moi aussi, un remous d'âpre angoisse m'a chaviré le cœur[2]. Le choc m'a traversée en flèche, et m'arrache un flot de larmes irrépressibles, qui me brûlent les yeux… Quelle secousse, quelle tornade, la vue de cette boucle… Car enfin, puis-je me figurer qu'elle appartienne à aucun autre Argien ? Et ce n'est pas la meurtrière qui se l'est coupée – ma mère, qui insulte à ce nom par les sentiments qu'elle nourrit pour ses enfants, l'impie ! Mais comment admettre tout d'un élan que cette boucle est un ex-voto de celui que je chéris le plus au monde, d'Oreste ?… L'espoir est pourtant là qui me caresse… Ah ! si j'avais la chance qu'elle pût parler comme un

1. Même si les cheveux sont ceux d'Oreste, Électre et le Chœur peuvent interpréter la chose de deux façons tout opposées : pour leur joie (Oreste est de retour…) ou pour leur désespoir (il les a fait porter en dernier hommage, avant de mourir). – On lira dans l'*Électre* d'Euripide (v. 520-545) la critique, au nom de la vraisemblance, des trois signes de reconnaissance introduits ici par Eschyle. Cf. aussi Aristophane, *Nuées*, v. 530.
2. Les expressions dont use Eschyle pour rendre les effets de l'angoisse sont à la fois très précises selon les données de la science physiologique grecque, et très difficiles à rendre, du fait même que cette physiologie est aujourd'hui caduque. Ici le texte dit : « un remous de bile a assiégé mon cœur », ce qui évoquerait pour nous rancune ou rage. Cf. encore v. 272. Voir J. de Romilly, *La Crainte et l'Angoisse dans le théâtre d'Eschyle*, Paris, Les Belles Lettres, 1958.

messager, je ne serais pas ballottée comme je suis entre deux pensées ! Tout serait bien clair : je pourrais jeter cette mèche aux ordures, si c'est un ennemi qui l'a prélevée sur sa tête ; ou bien, si elle est fraternelle, la laisser s'associer à mon deuil pour orner la tombe et rendre hommage à notre père ! J'en appelle aux dieux, qui savent à quoi je suis en butte, comme l'esquif battu des tempêtes… Si nous devons être sauvés, la moindre graine peut devenir un grand arbre… *(Elle se baisse soudain vers le sol.)* Mais quoi ? des empreintes de pas ? Second indice : elles ressemblent aux miennes, elles sont pareilles… Oui, voyez donc ici : ils sont deux dont le pied a marqué : lui-même et un compagnon de route. Les contours du talon, les ligaments, il n'y a qu'à mesurer, ils coïncident avec mes propres empreintes… Je suis déchirée [1], mes esprits sont en déroute…

Oreste s'avance, suivi à quelque distance de Pylade.

ORESTE

Demande aux dieux, pour l'avenir, la faveur d'être toujours aussi bien exaucée quand tu leur adresseras des prières !

ÉLECTRE

Pourquoi ? Quelle grâce me fait aujourd'hui le Ciel ?

---

1. Le mot grec désigne proprement les douleurs de l'enfantement : affres cruelles mais qui ouvrent sur la plus radieuse joie.

ORESTE

Il te donne de revoir celui que tu lui demandais depuis si longtemps !

ÉLECTRE

Tu es dans mon secret ? Qui est-il, celui que j'appelais ?

ORESTE

Dans ton secret, oui. C'est Oreste qui avait une telle auréole à tes yeux.

ÉLECTRE

Et en quoi mes souhaits se trouvent-ils comblés ?

ORESTE

C'est moi, ne cherche pas : moi, l'objet de ta prédilection.

ÉLECTRE

Quel piège me tends-tu, étranger ? Qu'est-ce que tu trames ?

ORESTE

C'est contre moi-même, alors, que je dresserais des embûches.

ÉLECTRE

C'est donc que tu veux te rire de mes peines ?

ORESTE

Des miennes aussi, alors, si je ris des tiennes !

ÉLECTRE

Qu'est-ce à dire ? Toi qui me parles, tu prétends être Oreste ?

ORESTE

Quand tu me vois en personne, c'est alors que tu me méconnais ? Lorsque tu as avisé cette mèche de cheveux en ex-voto, il t'est poussé des ailes, tu croyais me voir – et quand tu scrutais la trace de mes pas, à moi ton frère, en les mesurant à ton propre pied… Observe donc l'endroit sur ma tête où la mèche a été coupée. Et vois cette étoffe : ce sont tes mains qui l'ont tissée au cliquetis du métier ; regarde cette scène de chasse[1]. *(Fermant la bouche au cri de joie éperdue que va pousser Électre)* Garde ton sang-froid, ne te laisse pas égarer par la joie. Tu sais quelle hargne ont pour nous ceux qui devraient nous aimer le plus !

ÉLECTRE

Ô mon bien-aimé ! vivant souci de la Maison paternelle, espoir tant pleuré d'un surgeon de salut ! Fort de ta vaillance, tu vas le recouvrer, ce toit paternel ! Chère prunelle de mes yeux, toi à qui j'ai voué

---

1. Les étoffes de luxe étaient volontiers décorées d'animaux, de scènes de chasse ou de batailles. Cf. Euripide, *Hécube*, v. 470, *Ion*, v. 1146, *Iph. Taur.*, v. 812.

un quadruple amour : c'est un père que je salue en toi – le Destin m'y condamne – et sur toi se reporte la tendresse que je devrais à une mère qui n'a droit strictement qu'à ma haine, et à ma sœur impitoyablement égorgée ; et tu étais mon fidèle petit frère, avec un vrai culte pour moi... Puisse seulement la Force, et le Droit, et Zeus – dont la grandeur plane au-dessus de tout –, puisse leur trinité m'assister !

ORESTE

Zeus, ô Zeus, sois témoin de la situation qui nous est faite. Vois les aiglons orphelins : leur père est mort dans les nœuds enchevêtrés d'une atroce vipère[1]. Ils sont seuls au monde, tenaillés d'une faim qui les épuise, car ils ne sont pas en âge de rapporter au nid, comme leur père, le fruit de leur chasse. Tels peux-tu nous voir, moi et elle – je la nomme : Électre : deux enfants sans père, tous deux également au ban de notre Maison. Si tu laisses périr ici la couvée d'un père qui fut ton sacrificateur[2] et qui t'honorait si hautement, où trouveras-tu une main comme la

1. Le thème symbolique du combat de l'Aigle et du Serpent est présent dans toute l'Antiquité, d'où il a passé jusque dans les bestiaires et l'iconographie allégorique du Moyen Âge chrétien. L'image est étroitement en rapport avec celles de l'*Agamemnon* : dans la parodos de la première pièce de *L'Orestie*, le Chœur raconte le présage qui avait accompagné le départ de l'armée, quand deux aigles, deux rois des oiseaux (Agamemnon et Ménélas), dévoraient une hase pleine (Troie) avec toute sa portée (v. 105-137) ; quant à l'image du serpent, symbole de ruse et de perfidie, elle est appliquée à Clytemnestre au vers 1233 d'*Agamemnon*, comme au vers 1047 des *Choéphores*.
2. Roi et chef d'armée, Agamemnon était aussi chef religieux

sienne pour te régaler de copieux sacrifices ? En laissant périr la race de l'aigle, tu t'interdirais de voir encore les hommes prêter foi aux signes que tu leur envoies. Si l'arbre de notre dynastie devient bois mort, tu ne l'auras plus pour servir tes autels aux jours d'hécatombes. Veille sur nous : notre Maison est mutilée, elle semble tout à fait abattue – tu peux, Toi, la relever dans sa grandeur.

LE CORYPHÉE

Mes enfants, vous qui serez les sauveurs du foyer paternel, taisez-vous, que quelqu'un n'ait vent de tout cela, et n'aille, pour le plaisir de parler, le débiter à nos maîtres… Ah ! ceux-là, comme je voudrais voir leurs cadavres grésiller dans la résine du bûcher !

ORESTE

Mais non, il ne me trahira pas, l'oracle tout-puissant de Loxias[1], qui m'ordonnait de franchir le

---

et présidait aux sacrifices. Il est difficile de ne pas penser ici au sacrifice monstrueux qu'Électre vient de rappeler, quand le roi égorgea sur l'autel sa propre fille (*Agam.*, v. 205-247), mais Électre se garde bien de mentionner qu'Agamemnon était en effet, à Aulis, le sacrificateur. Oreste en tout cas tente de se concilier Zeus par l'intérêt, en lui parlant des sacrifices qu'il a reçus de son père, selon un mode de prière dont les dieux eux-mêmes cautionnent, à l'occasion, la validité ; ainsi Zeus déclare à l'assemblée des dieux au début de l'*Odyssée* : « Eh ! comment donc oublierais-je jamais cet Ulysse divin qui, sur tous les mortels, l'emporte par l'esprit et par les sacrifices qu'il fit toujours aux dieux, maîtres des champs du ciel ? » (*Odyssée*, I, 65-67).

1. Loxias est une épiclèse d'Apollon, dérivée d'un adjectif

pas sans me laisser intimider. « Debout ! » me disait-il à grands cris en formulant des malédictions à me glacer les entrailles, si je ne m'en prenais pas aux meurtriers de mon père comme ils s'en sont pris à lui. Il me disait de les tuer, d'un talion sans merci[1], d'un coup de cornes mortel. Sinon, je le paierais, déclarait-il, de ma propre vie avec mille tourments effroyables. Déjà sa voix avait mis en lumière les fureurs maléficieuses qui montent de sous terre pour les hommes, les males pestes qui s'attaquent aux chairs, les lèpres dont la dent féroce ronge et dénature leur constitution, dartres blanches dont les efflorescences se greffent sur le mal. Il nous parle aussi des assauts des Furies provoquées par l'assassinat d'un père [...][2], roulant dans les ténèbres un œil flamboyant. Car le dard ténébreux des puissances infernales – éveillé par le recours suppliant des morts de sa race – et la rouge rage, et les hallucinations terrifiantes sortant de la nuit, le secouent, le harcèlent jusqu'à le chasser de sa cité, pauvre corps mis en charpie par un aiguillon de bronze... Un tel homme n'a plus de part aux vases sacrés, aux libations propices, il est écarté des autels par l'invisible colère de son père. Nul ne l'accueille ni ne partage son logis. Honni de tous, sans un ami, il finit par mourir,

---

qui signifie « oblique » et qui fait sans doute allusion au caractère ambigu des réponses oraculaires.

1. Traduction empruntée à J. Grosjean. **2.** « Furies » traduit le mot grec qu'on conserve le plus souvent sous la forme « Érinyes ». Lacune dans le texte : la suite décrit le sort que réservent les Érinyes au vengeur qui se dérobe.

misérablement desséché par un mal qui l'a gangrené tout entier.
À de tels oracles, dois-je croire, oui ou non ? Et quand je n'y croirais pas, il me faut encore être l'ouvrier de cet ouvrage. Trop d'ardents désirs conspirent à m'y pousser. Il y a les injonctions d'un dieu, l'immense deuil de mon père ; mais aussi le dénuement matériel qui me presse – et enfin la volonté de ne pas laisser mes concitoyens, illustres entre tous ici-bas, eux qui ont abattu Troie par leur éclatante fermeté d'âme, rester sous la coupe de deux femmes. Car il a une âme femelle[1]... Quant à la mienne... il sera bientôt fixé.

Un silence grave. Tous font front vers le tombeau.

LE CORYPHÉE

Majesté des destins, que Zeus daigne accorder le dernier mot au camp que rallie la Justice ! « Quand la haine a parlé, que la haine réponde ! » C'est la dette à éteindre, et le cri souverain de Justice l'exige. « Coup pour coup, mort pour mort ! qui a fait, doit subir ! » Du triple fond des âges sonne cette voix-là...

1. Ceci vise Égisthe. Au vers 1224 d'*Agamemnon*, la prophétesse Cassandre décrit Égisthe comme un « lion lâche qui se vautre dans un lit », et les vieillards du chœur l'insultent en ces termes dans la dernière scène : « Femme que tu es, toi qui attendais, à la niche, le retour des combattants » (v. 1625).

ORESTE

[Strophe I]

Père ! ô père de douleurs !
quelles paroles, quels rites
choisir pour avoir la chance
de t'atteindre de si loin
dans la prison où tu gis ?
Mais, dans ta nuit et sous notre soleil,
c'est lot égal : et pour tous les Atrides
le seul et même noble hommage
à leur offrir, exclus qu'ils sont de leur palais,
c'est de se livrer aux sanglots.

LE CHŒUR

[Strophe II]

Fils, la dent brutale du feu
est impuissante à désarmer l'âme des morts,
et leur ressentiment éclate au jour, plus tard :
des cris perçants hurlent leur deuil,
un bras pesant surgit et frappe !
Oui, pour un père, ses enfants
sont en droit d'appeler de justes représailles
par l'immense sanglot dont ils sont secoués.

ÉLECTRE

[Antistrophe I]

Père, c'est donc à mon tour !
écoute quel deuil je mène
dans les pleurs où je me noie !
Tes deux enfants sur ta tombe
gémissent leur chant lugubre.

Ces suppliants que nous sommes ensemble,
ces exilés n'ont que ton mausolée,
seul et même refuge offert...
Mais quel mieux permet-il ? Quelle halte à nos
pour faire échec au noir Destin ? *[peines*

LE CORYPHÉE

Ces plaintes, le Ciel peut toujours, s'il le veut, les changer en clameurs autrement plus plaisantes. Au lieu des cris de deuil jetés sur cette tombe, puisse un chant triomphal avec libations retrouver place neuve au palais de nos rois pour me charmer le cœur !

ORESTE

[Strophe III]

Que n'as-tu succombé sous Troie,
percé en plein combat, mon père,
par quelque piquier de Lycie ?
Léguant à ta Maison un glorieux éclat,
et assurant ainsi
à tes enfants une vie qui eût fait
se retourner sur leur passage tous les yeux,
tu aurais, outre-mer, marquant ta sépulture,
un tertre grandiose :
les tiens, ici, auraient ce réconfort !

LE CHŒUR

[Antistrophe II]

Chéri de ceux qu'il chérissait
(ces vaillants morts, là-bas), il régnerait sous terre

nimbé d'égards pieux, grand officier du Trône
chez les Princes d'En-bas, sous terre.
Car il fut roi tant qu'il vécut :
oui, le destin l'avait marqué,
choisi pour un de ceux qui s'imposent aux hommes
par la force du glaive et l'ascendant du sceptre.

ÉLECTRE

[Antistrophe III]

Si, même sans que tu sois mort
sous les murs d'Ilion, mon père,
sans que tu aies eu sépulture
avec les autres morts de l'armée au combat
sur les bords du Scamandre...
Ah ! si, plutôt, c'étaient tes assassins
qu'on eût ainsi tués ! Ils seraient morts au loin,
et l'on n'aurait appris l'issue de leur destin
que par la renommée,
sans éprouver les angoisses présentes !

LE CORYPHÉE

C'est vouloir, mon enfant, plus que tout l'or du monde. Tes vœux vont au-delà de tout bonheur permis ici-bas ou là-haut[1] ! Libre à toi... Et pourtant, quel double lasso claque autour de vous[2] ! Vois

1. Littéralement : « dépassent un destin grandiose et hyperboréen ». Les Hyperboréens, peuple mythique de l'extrême Nord, connaissaient un bonheur parfait. 2. Électre, si l'on ose dire, « s'est emballée » : le Chœur la remet brutalement devant deux faits qui sont comme de durs coups d'« étrivière » :

donc : ceux qui vous aideraient ne sont plus sur la terre, et tout pouvoir repose en des mains sacrilèges. C'est affreux pour le mort, et ce l'est davantage encore pour ses enfants.

ORESTE

[Strophe IV]

Ce que tu lances là s'enfonce en mon oreille,
la perce comme un dard. Zeus ! Zeus !
Toi qui fais remonter des abîmes l'Horreur
qui tôt ou tard vient punir ici-bas
tout acte d'infamie ou de scélératesse...
— c'est ma mère, et pourtant elle paiera sa dette !

LE CHŒUR

[Strophe V]

Ah ! qu'il me soit donné d'entendre s'embraser,
hurlé par les vocératrices,
le cri jeté
sur l'homme qu'on égorge et la femme qu'on saigne !
Pourquoi donc cacherais-je
ce qu'il en est de ma pensée intime ?
Elle voltige, elle palpite
— oiseau devant l'étrave –
l'âpre passion de mon cœur,
ma haine gorgée de rancune !

---

les fidèles amis d'Agamemnon sont morts, et ses meurtriers sont maîtres de l'État.

ÉLECTRE

[Antistrophe IV]

Quand donc le bras de Zeus, dieu fort et dieu vivant,
s'abattra-t-il sur eux ? Oui ! oui !
S'il leur brisait la tête on verrait refleurir
la loyauté dans le pays d'Argos !
Justice est bafouée, je requiers pour Justice.
Exaucez-moi, ô Terre, ô Portes de l'Enfer !

LE CORYPHÉE

Non, la loi établie, c'est qu'une pluie de sang répandue sur la terre réclame d'autre sang[1]. Et le carnage appelle un Esprit de vengeance pour déchaîner, au nom des premières victimes, l'horreur après l'horreur.

ORESTE

[Strophe VI]

Ah ! Principautés d'Enfer,
voyez, ô toutes-puissantes
Malédictions des morts,
voyez où en est réduit
ce qui reste des Atrides :
leur misère est sans issue
on les a dépossédés
des honneurs de leur Maison.
Ô Zeus ! où tourner les yeux ?

---

1. Ce n'est pas à Zeus de foudroyer les coupables, c'est aux ayants droit du mort de laver son sang dans le sang. Cf. v. 472, note.

LE CHŒUR

[Antistrophe V]

Hélas ! mon pauvre cœur vacille de nouveau
lorsque je t'entends geindre ainsi !
Toute espérance
me quitte alors, et c'est la nuit qui dans mon âme
se fait quand je t'écoute[1]*...*
[...]

ÉLECTRE

[Antistrophe VI]

Quels mots faudrait-il trouver
pour être exaucés ? Dirai-je
les avanies qu'une mère
a osé nous infliger ?
Qu'elle cajole ! à sa guise !
Rien n'endort pareilles plaies...
Ma mère a fait de mon cœur
un loup assoiffé de sang
que rien n'apprivoisera !

LE CHŒUR *(avec une violence soudaine)*

[Strophe VII]

Je me fouette et me flagelle
selon le rite asiate
des hurleuses barbaresques[2].

---

1. La fin de la strophe est corrompue sans remède. On devine quelque chose comme : « Mais quand tu retrouves ton énergie, mon angoisse se dissipe et il m'apparaît que tout ira bien. »
2. Le texte précise : « le rythme *arien* des pleureuses *kissiennes* ». Il s'agit de peuplades reculées de l'Empire perse, dont les

Cognent les coups, claquent les chocs !
Voyez mes poings qui s'élèvent
et qui s'assènent sans cesse
de si haut et de si loin,
martelant, martyrisant
ma tête sous la tempête
et le fracas des coups qui déferlent sur elle !

ÉLECTRE

Femme féroce et scélérate,
de quelle féroce manière
tu as, ma mère,
conduit un roi jusqu'à sa tombe
sans qu'il fût lamenté par toute la cité,
un mari sans qu'il fût pleuré !
Tu as osé pareille obsèque !

ORESTE

[Strophe VIII]

Monstrueuse infamie,
hélas, que tu évoques là !
Mais l'infamie infligée à mon père
elle me la paiera,
oui bien ! par la grâce des dieux
et par la grâce de mon bras !
Je n'ai qu'un vœu : l'exterminer –
et périr à mon tour !

---

rites de deuil forcenés étaient célèbres en Grèce. Cf. *Perses*, v. 120, où l'allusion est mieux en place. Ce chant de deuil ou thrène, accompagné de gestes rituels, est riche de mots rares et d'assonances calculées.

LE CHŒUR

[Antistrophe VII]

Elle l'a dépecé[1]
— cela aussi, tu dois l'apprendre !
Elle visait, en l'enterrant ainsi,
à t'imposer par là
aussi longtemps que tu vivrais
un intolérable destin.
Tu m'entends : ton père a subi
ces outrages infâmes !

ÉLECTRE

[Antistrophe VIII]

Tu dis le sort de mon père...
Moi, forclose de mon rang,
honnie, tenue pour néant,
on m'a, comme un chien malfaisant,
consignée dans les communs.
On me trouvait toujours prête
aux pleurs plutôt qu'aux sourires...
Tant de sanglots ! tant de larmes
que je versais en cachette !
Ces mots, toi qui m'entends, grave-les dans ton cœur !

LE CHŒUR

Oui ! Ils ont frappé tes oreilles
qu'ils pénètrent jusqu'aux assises

---

1. Le mot grec évoque l'usage, connu par les lexicographes, selon lequel le meurtrier, pour se prémunir contre toute vengeance, découpait les extrémités du cadavre de sa victime et les lui attachait sous les aisselles. Cf. Sophocle, *Él.*, v. 445.

de ton sang-froid !
Si tout cela n'est que trop vrai
je laisse ta fureur t'éclairer sur le reste.
Il sied à qui descend en lice
de s'armer d'un cœur inflexible.

ORESTE

[Strophe IX]

Je m'adresse à toi, père : accorde appui à ceux qui [t'aiment !

ÉLECTRE

Je t'en supplie avec larmes moi-même !

LE CHŒUR

Nous nous rallions toutes d'un seul cœur
pour unir ici nos voix à la leur.
Exauce-nous ! remonte au jour,
et prête-nous appui contre tes ennemis !

ORESTE

[Antistrophe IX]

On verra s'opposer le Meurtre au meurtre,
le Droit au droit !

ÉLECTRE

Dieux, faites droit aux défenseurs du Droit !

LE CHŒUR

Un tressaillement obscur me saisit
quand je vous entends supplier ainsi.
Le Destin tarde à s'accomplir,
mais peut-être va-t-il se rendre à nos prières !...

PREMIER DEMI-CHŒUR

[Strophe X]

Ô géhenne de cette race !
Ô coups sanglants et discordes de l'Horreur !
Hélas ! chagrins hurlants, intolérables !
Hélas ! afflictions interminables !

SECOND DEMI-CHŒUR

[Antistrophe X]

De ces murs même, non d'ailleurs[1]*,*
non du dehors, viendra la guérison
par un assaut féroce et sanguinaire...
Ce chant nous vient des dieux de dessous terre !

LE CORYPHÉE

C'est à vous, Tout-Puissants infernaux, d'exaucer notre imprécation. Dans votre bienveillance, portez secours à ces enfants pour la victoire.

---

1. Oreste est « de la maison ». La race des Atrides se vengera elle-même : la « guérison » de l'abcès en sera plus parfaite – et plus inexpiable.

ORESTE

Père, à qui il ne fut point donné de mort royale, accorde-moi, je te le demande, de régner sur ta Maison !…

ÉLECTRE

Et moi, père, voici la requête que je te fais : permets que j'échappe à mon sort, en infligeant à Égisthe ce qu'il mérite[1].

ORESTE

… Car alors seraient instituées en ton honneur les agapes qu'il est de règle d'offrir aux morts. Sinon, point d'hommages pour toi dans les festins dont le riche fumet monte de la braise des autels en ce pays !

ÉLECTRE

Et moi, entrée en possession de tout mon héritage, je t'apporterai, prélevées sur mon patrimoine, des libations le jour de mes noces. Et les devoirs à rendre ici à ta tombe primeront tout pour moi.

ORESTE

Ô Terre, donne à mon père congé de venir veiller au combat !

---

1. Accomplir son destin normal, c'est pour elle, comme pour toute jeune Grecque, se marier (la suite de ses paroles le dira encore plus clairement). Or c'est principalement Égisthe qui y fait obstacle, craignant les héritiers qu'elle pourrait avoir.

ÉLECTRE

Ô Perséphone, accorde-nous une éblouissante victoire !

ORESTE

Souviens-toi, père, de ce bain de mort qui te fut offert !

ÉLECTRE

Souviens-toi du filet, de leur traquenard sans exemple !…

ORESTE

… Ces fers que nul n'avait forgés[1], père, cette curée !

ÉLECTRE

… Ce voile où leur hideux calcul t'a paralysé !

ORESTE

Dis-moi, ne te réveilles-tu pas, à de pareils outrages ?

ÉLECTRE

Dis-moi, ne relèves-tu pas ta tête bien-aimée ?

---

1. Le texte dit : « les chaînes non-de-bronze ». Il s'agit toujours de l'étoffe jetée par les meurtriers comme un filet sur Agamemnon.

ORESTE

Va, envoie la Justice combattre avec ceux qui t'aiment – ou permets qu'à notre tour nous ayons barre sur eux, comme eux jadis sur toi – si tu veux, toi le vaincu, un retour de victoire !

ÉLECTRE

Entends encore cet ultime appel, père ! Vois ta couvée blottie sur cette tombe… Que ta pitié les enveloppe, ton garçon et ta fille ! Ne laisse pas effacer avec nous de ce monde la lignée de Pélops : par nous, tu n'es pas mort – non, jusque dans ta mort !

ORESTE

Oui, ce qui sauve un homme et perpétue son nom, ce sont bien ses enfants – comme les flotteurs de liège sauvent un filet de lin de s'enfoncer aux abîmes. Écoute-nous : c'est pour l'amour de toi que s'élèvent ces lamentations, et c'est toi-même que tu sauves si tu fais honneur à notre requête.

LE CORYPHÉE

Certes, je ne vous reprocherai pas d'avoir prolongé votre prière, pour racheter le triste sort de cette tombe où nul ne vient pleurer. Mais le reste ? Puisque ta résolution s'est dressée pour agir, à l'ouvrage ! Tente à présent ta chance !

ORESTE

Si ferai-je. Mais ce n'est pas me dérober à l'obstacle que de commencer par m'informer : pourquoi a-t-elle envoyé ces libations ? par quel calcul, cet hommage tardif qui ne saurait guérir le mal qu'elle a fait ? Misérable attention adressée à l'insensibilité d'un mort ! Je ne me soucie pas d'évaluer ces présents, mais ils ne sont pas à la hauteur de sa faute. Quand une fois le sang a coulé, ce n'est pas en versant tous ses biens qu'on le rachète : peine perdue, voilà ce que je dis. Mais je voudrais bien que tu m'expliques ses raisons, si tu les connais.

LE CORYPHÉE

Je les connais, fils : j'étais là. C'est à cause d'un songe venu cette nuit la hanter, la harceler de terreur, que cette femme impie a dépêché ici des libations.

ORESTE

Et la teneur même du songe, la sais-tu, pour me la dire exactement ?

LE CORYPHÉE

Il lui a semblé qu'elle mettait au monde un serpent : ce sont ses propres mots.

ORESTE

La suite ? la fin ? le dénouement ? Que disait-elle ?

LE CORYPHÉE

Elle l'a enveloppé de langes, comme un enfant.

ORESTE

Quelle nourriture demandaient les crocs d'un pareil nouveau-né ?

LE CORYPHÉE

Elle lui a donné à téter elle-même, dans son rêve.

ORESTE

Et son sein n'était pas déchiré par le monstre ?

LE CORYPHÉE

Si : il lui a tiré un caillot de sang avec le lait.

ORESTE

Voilà une vision qui pourrait bien signifier quelque chose.

LE CORYPHÉE

Elle s'est réveillée avec un hurlement d'effroi : une foule de torches, dont la nuit avait fermé les yeux, s'allument dans la maison au service de la maîtresse… Et sur ce, elle envoie ces libations de deuil, en espérant qu'elles seront le remède à ses tourments.

ORESTE

Eh bien, je fais prière à la Terre que voici, et au tombeau de mon père : puissé-je voir ce rêve développer toutes ses suites ! Je l'explique de façon qu'il cadre avec mes vues : si ce serpent est sorti de la même source que moi, si on l'emmaillotait de langes comme un enfant, s'il s'attachait en ventouse au sein qui m'a nourri, si à la douceur de son lait il a fait se mêler un caillot de sang en lui arrachant des sanglots de terreur devant ce qui lui arrivait, il faut, comme elle a nourri ce monstre horrifiant, qu'elle meure de mort violente – et moi je suis le Serpent qui la tuerai, comme le marque son rêve !

LE CORYPHÉE

Ainsi soit ! Je me rallie à ton interprétation du cauchemar. Mais explique-toi devant tes fidèles : distribue les rôles selon ce qu'ils ont à faire ou à ne pas faire.

ORESTE

Les consignes sont simples. Qu'Électre rentre au palais. J'entends qu'elle tienne secrètes mes dispositions – que je vais vous dire – pour qu'ils soient pris par ruse, eux qui par ruse ont tué mon père, ce prestigieux héros ; et qu'ils meurent du même coup de filet, comme l'a signifié Apollon, notre Seigneur, dont jamais encore l'oracle n'a menti.

Je me donnerai l'air et le parfait équipage d'un étranger, et je me présenterai au portail extérieur avec ce compagnon *(montrant Pylade)*, ici présent[1]. Nous parlerons tous les deux la langue de Phocide, en imitant l'accent qu'on a sur les pentes du Parnasse[2]. Les portiers pourraient bien nous faire un accueil renfrogné, dans cette maison qui se sent sous les maléfices du destin. Nous resterons devant la maison ; cela finira bien par intriguer les passants ; ils s'écrieront : « Pourquoi fait-il interdire sa porte à ce suppliant, Égisthe, puisqu'il est là dans le palais, présent de sa personne ? » Et si je parviens à franchir le seuil du portail extérieur, et que je le trouve, lui, sur le trône de mon père… avant qu'il n'ait pu dire : « D'où est-il, cet étranger ? » je l'étendrai mort : mon épée aura bondi et pris sa mesure ! Et la Furie ne sera plus à jeun de carnage : elle boira, pur, le sang de la troisième libation[3]. *(À Électre)* À toi donc de guetter comme il faut à l'intérieur, pour que les choses se déroulent de façon bien concertée. *(Au Chœur)* Quant à vous, je vous

---

1. V. 562 peut-être interpolé : « Pylade, en hôte, et hôte de vieille date ». **2.** On ne voit rien de spécifiquement phocidien dans le langage d'Oreste à partir du vers 653 ; peut-être l'annonce suffit-elle pour que le public imagine, par convention, qu'Oreste adopte en effet l'accent de la Phocide. Plusieurs des prévisions qu'il expose ici seront d'ailleurs déjouées : il sera facilement reçu dans le palais et ne trouvera pas Égisthe sur le trône de son père. Ce sont autant de surprises dramatiques ménagées par Eschyle. **3.** Les deux premières effusions de sang, au palais royal d'Argos, sont le meurtre des enfants de Thyeste et celui d'Agamemnon. Le meurtre à venir – celui d'Égisthe, puisque Oreste se garde d'évoquer sa mère – est comparé à la troisième libation, libation de vin pur faite à Zeus à la fin d'un repas (voir *Agam.*, v. 1385-1387).

invite à régler scrupuleusement vos paroles, pour vous taire, ou ne dire que ce qui sera de circonstance. Le reste *(geste vers le tombeau d'Agamemnon)*, c'est à Celui-là que je demande de venir y veiller : qu'il me fasse réussir, moi qui vais tirer l'épée pour être son champion !

Il s'éloigne, accompagné de Pylade.

LE CHŒUR

[Strophe I]

Mille fléaux d'effroyables effrois
nourrit la Terre, et mille monstres
hostiles aux humains les replis de la Mer ;
dans les couches de l'Air aussi
s'embrasent des brûlots qui sillonnent l'espace ;
tout ce qui vole au ciel ou marche sur le sol
peut attester ce que sont les tornades
que soufflent les vents en furie...

[Antistrophe I]

Mais qui dira quels excès sans vergogne
ose l'homme ? quelles amours
dévergondent le cœur des femmes scélérates
qui font le lit des catastrophes
ici-bas ? Et le couple uni pour vivre ensemble
est brisé, quand on voit la femelle en chaleur
hideusement asservie à ses fièvres –
l'homme et la bête au même rang !

[Strophe II]

J'en appelle à tous ceux dont la mémoire
n'est point volage ! Ils ont appris
quel plan, pour perdre son enfant,

la misérable Althée a osé mettre en œuvre[1],
pour lui brûler la vie, en renflammant
la braise du tison qui était solidaire
du destin de ce fils
et mesurait, dès qu'il sortit
vagissant du sein de sa mère,
la durée de ses jours jusqu'au terme fatal.

[Antistrophe II]

Et il y eut aussi l'horrible histoire
de la sanguinaire Scylla
qui se vendit à l'ennemi,
et, séduite aux présents que lui offrait Minos
— des colliers d'or, ciselés dans la Crète –,
causa la mort d'un être cher[2] *: elle arracha,*
cette chienne, à Nisos,
le cheveu d'immortalité
tandis que le sommeil berçait

---

1. Fille du roi de Pleuron en Étolie, Althée tua son propre fils Méléagre pour venger la mort de ses frères ; dans sa colère, elle jeta au feu le tison auquel était attachée, depuis la naissance de l'enfant, la vie de Méléagre, et le jeune homme mourut aussitôt. **2.** Scylla était fille du roi de Mégare Nisos, qui avait appris d'un oracle qu'il mourrait le jour où il perdrait le cheveu rouge qu'il avait sur la tête. Séduite par Minos qui assiégeait la ville et qui lui fit présent d'un collier d'or, Scylla arracha le cheveu de son père pendant son sommeil. Nisos mourut et Mégare fut prise par les assaillants. Les crimes d'Althée et de Scylla sont autant de variations sur les crimes commis ou à venir dans la trilogie : Althée, mère tueuse de son fils, et Scylla, fille tueuse de son père, sont à la fois le reflet inversé du père tueur de sa fille (Agamemnon et Iphigénie) et du fils tueur de sa mère. Tous ces crimes manifestent la même perversion monstrueuse des rapports de parenté.

son souffle insouciant... et Hermès le saisit[1] *!*

[Strophe III]

Le pire[2] *pourtant de tous les forfaits*
c'est celui de Lemnos[3]*, tel que la voix publique*
partout le clame et le vomit :
en parlant des horreurs les plus épouvantables
on dit : « C'est digne de Lemnos ! »
Un tel crime insultait au Ciel, et cette race
est balayée ici-bas dans la honte :
ce que honnit le Ciel, qui donc
l'honorerait ? Ne suis-je pas en droit
d'amasser tous ces précédents ?

[Antistrophe III]

Mais, ayant chanté ces meurtres féroces,
dois-je cacher la liaison abominable
qui a souillé cette maison ?
le complot médité par un cerveau de femme
contre un héros qui, par sa fougue,
était auréolé, dans son harnois de guerre,
d'un tel prestige aux yeux des ennemis ?...
Honneur à ces foyers sans fièvres
dans lesquels sur la maisonnée
règne une épouse au front modeste !

[Strophe IV]

Mais un glaive aigu en pleine poitrine
transperce, au nom de la Justice,

---

1. Hermès, dans sa fonction de guide des morts vers les Enfers. **2.** J'intervertis ici l'ordre traditionnel de la strophe et de l'antistrophe. **3.** Parce qu'elles négligeaient son culte, Aphrodite avait affligé les Lemniennes d'une odeur épouvantable ; comme leurs maris les délaissaient, elles se vengèrent en massacrant tous les hommes de l'île.

ceux qui, contre les lois les plus sacrées, piétinent
au sol sous leur talon
la Toute-Majesté de Zeus
et qui L'ont bafouée de façon sacrilège.

[Antistrophe IV]

L'arbre de Justice est bien raciné,
la Destinée forge sa lame
d'avance ; et dans les murs Elle introduit le meurtre,
fils des meurtres anciens,
pour faire enfin payer les crimes,
l'insigne Vengeresse aux desseins insondables !

Rentrent Oreste et Pylade, en équipage de voyageurs, accompagnés de quelques serviteurs. Oreste va à la porte centrale et frappe.

ORESTE

Holà ! valet, tu entends ? On frappe à la porte de la cour ! Hé, valet, je répète ! Il y a bien quelqu'un ici dans la maison ? Holà ! voilà trois fois que j'appelle ! Qu'il sorte quelqu'un de ce palais, si Égisthe sait le rendre hospitalier !

LE PORTIER *(entrebâillant les vantaux)*

Voilà, j'écoute. De quel pays, le visiteur ? D'où vient-il ?

ORESTE

Un message pour ceux qui gouvernent la maison – c'est eux que je suis venu voir, je leur porte des nouvelles… Mais dépêche-toi : le soir arrive au galop, il va faire nuit, c'est l'heure pour les voyageurs de jeter l'ancre chez des hôtes, si on leur ouvre tout grand un logis. Que vienne sur ce seuil une des autorités de la maison, oui, la dame de céans – mais un homme, ce serait plus indiqué : on n'a pas à envelopper les mots par bienséance. D'homme à homme, on n'a pas peur de parler, de marquer les choses, net et clair.

CLYTEMNESTRE *(sortant du palais)*

Que vous faut-il, étrangers ? Dites : sous ce toit vous attend tout ce qu'il lui appartient d'offrir, des bains chauds, des lits pour vous délasser agréablement, et la loyauté présente dans tous les yeux[1]. Si quelque service à vous rendre requiert plus mûr examen, c'est l'affaire des hommes, nous leur en ferons part.

ORESTE

Je suis un étranger, un Phocidien de Daulis. Je faisais route vers Argos, portant mon bagage, mes affaires personnelles *(geste vers les paquets posés à terre)* – j'ai dételé, comme tu vois, en arrivant ici. Je croise un homme qui ne me connaissait pas plus que je ne le connaissais : il m'aborde, m'interroge et

1. Elle est sincère, pensant à ses domestiques qui se mettront loyalement au service de ses hôtes. Mais la phrase prend aux oreilles d'Oreste un accent d'impudent mensonge. Il est difficile d'ailleurs, quand on entend la reine promettre à ses hôtes des « bains chauds », de ne pas songer aux circonstances du meurtre d'Agamemnon.

me renseigne sur mon chemin (c'était Strophios[1] de Phocide, je l'ai appris dans la conversation). Et il ajoute : « Puisque de toute façon tu vas en Argos, étranger, souviens-toi, en conscience, de dire à ses parents qu'Oreste est mort. N'oublie pas, surtout ! À quelle décision se rallieront les siens ? Le retour du corps, ou la sépulture pour toujours dans une terre étrangère où nous le garderons avec nous ? Rapporte-moi leurs ordres. Pour l'instant, les flancs d'une urne de bronze abritent ses cendres, et il a été pleuré comme il se doit. » Je t'ai répété ce qu'il m'a dit. Est-ce bien à ceux dont cela relève par droit de parenté que je m'adresse ? Je ne sais. Mais qui l'a mis au monde doit bien le savoir[2].

CLYTEMNESTRE

Qu'as-tu dit ! Malheur à moi… quel précipice ! Je suis anéantie !… Nul ne peut donc te combattre, Malédiction de ce palais ! Ton œil plane, immensément, et ce qui était abrité à l'écart, tes flèches vont l'abattre au loin : tu vises bien, pour m'arracher les miens, et me laisser désemparée !… Aujourd'hui, c'est Oreste – ah ! bien avisé qu'il était de tenir le

---

1. Strophios, roi de Phocide, est le père de Pylade. Clytemnestre elle-même prétendait, dans la pièce précédente, qu'elle avait éloigné son fils en l'envoyant « chez ton cordial allié et ami, Strophios de Phocide » (*Agam.*, v. 881) quand elle redoutait la mort de son époux et songeait au suicide. **2.** Oreste montre un singulier sang-froid pour feindre de ne pas reconnaître sa mère. Même pour le rôle qu'il joue, l'ignorance qu'il affecte est excessive, l'accueil de Clytemnestre ayant été, de toute évidence, celui de la maîtresse de maison.

pied hors du sinistre bourbier ! –, c'est le seul espoir d'apaiser l'ouragan des transes en ce palais… il nous restait, et tu l'effaces !

ORESTE

Pour des hôtes d'aussi heureux parage, j'aurais voulu devoir à la faveur de quelque bonne nouvelle de me faire connaître et accueillir chez eux. Tout ce que souhaite un hôte, n'est-ce pas le bien de ses hôtes ? Mais j'ai réfléchi que c'était conscience, pour moi, de ne pas m'acquitter d'une mission si grave envers des amis, après m'y être engagé et avoir reçu si bon accueil.

CLYTEMNESTRE

Cela n'enlèvera rien aux honneurs auxquels tu as droit ici, ni à l'accueil amical de la maison. Ni plus ni moins, un autre serait venu nous apporter la nouvelle. Allons, c'est bien le moment, pour des hôtes qui ont une longue journée de route derrière eux, de se voir traités comme il se doit sous notre toit. *(À un serviteur)* Conduis-le aux appartements des hôtes, avec ceux qui l'escortent ici et les gens de sa suite. Qu'ils y trouvent tout ce que la maison se doit de leur offrir. Tu m'entends ? Fais vite, et dis-toi que je t'en demanderai compte. *(À Oreste)* Quant à moi, je vais mettre au courant le maître de céans. Nous ne sommes pas en peine d'amis dévoués pour les appeler en consultation sur cet événement.

Oreste et ses compagnons pénètrent dans le palais. Elle y rentre à son tour.

LE CORYPHÉE

Eh bien, amies, servantes du palais, que tardons-nous à mettre en œuvre pour Oreste la force de nos voix ?…

Ô Terre vénérable, ô vénérable butte amoncelée ici sur les restes royaux du Commandant d'escadre, c'est l'heure, écoute-nous, c'est l'heure, assiste-nous ! C'est l'heure, la minute où la Persuasion, sournoise, doit descendre avec eux dans l'arène, où l'Hermès de Sous-terre, avec le Ténébreux[1], doit veiller sur le cours que doit prendre la joute au mordant des épées !

Une vieille femme se montre sur le seuil du palais.

Je vois la nourrice d'Oreste qui vient ici, tout en larmes… Où t'en vas-tu, nounou[2] ? Tu sors du palais, et le chagrin te suit ? tu ne l'as pas embauché toi-même, ce compagnon-là ! Je gage que c'est cet homme, cet étranger, qui est l'ouvrier de tes misères.

---

1. Plutôt que de distinguer Hermès infernal et un « Ténébreux » qui serait Hadès, comprendre : « où l'Hermès chtonien, Hermès le Ténébreux, doit veiller… », l'épiclèse « ténébreux » qualifiant le dieu de la ruse, qui agit volontiers dans l'ombre (cf. les v. 812-818). **2.** Le texte porte *Kilissa*, « Cilicienne » : on appelait souvent les esclaves du nom de leur pays d'origine, comme cela se faisait encore pour les valets en France au XVIIe siècle. – Cette petite scène est un intermède de ton très familier, qui donne même à sourire, avant le déchaînement sanglant.

LA NOURRICE *(d'abord sanglotante, puis volubile, à la fois niaise et touchante)*

Égisthe… la maîtresse… il faut le faire venir bien vite pour les étrangers… elle m'a donné l'ordre… pour qu'ils le mettent au courant plus en détail, d'homme à homme, de la nouvelle qu'ils apportent. Devant les domestiques, elle a pris un air noir, mais par-derrière ses yeux elle jubile en cachette, parce que tout est bien qui finit bien… pour elle – mais pour la maison, c'est au plein du désastre que ces étrangers l'ont plongée par cette nouvelle. Lui, pour sûr, dans sa tête, il sera bien content de les entendre quand il apprendra ce qu'ils ont à lui dire ! Mais moi, pauvre de moi ! Déjà, dans les temps, cette avalanche de misères sur la maison d'Atrée, plus qu'on n'en peut porter, m'avaient tellement navré le cœur, fendu l'âme… Mais jamais je n'avais encore enduré pareil chagrin ! Les autres malheurs, je tenais bon, je les écopais… Mais mon Oreste, à qui j'ai voué tout ce que j'ai de souffle, que j'ai nourri, que j'avais reçu dans mes bras quand il sortait de sa mère !… Et ses appels, ces cris perçants qui me faisaient courir la nuit, tant et tant… Toutes ces peines, c'est donc pour rien que je les ai prises ! Une créature qui n'a pas de raison, on est bien forcé de l'élever comme un petit animal, pas vrai ?… de se faire à ses humeurs ! Un bébé encore au maillot, ça ne parle pas pour dire : j'ai faim, j'ai soif, je veux faire pipi ! et les marmots n'attendent personne pour s'arranger avec leur petit ventre. Tout ça, c'était à moi de le deviner, et, ma foi, j'y ai été attrapée souvent : la lessive des langes, c'était pour moi. Blanchisseuse et nourrice, je cumulais les deux fonctions. Mais si j'avais cette double charge sur les bras, c'est que j'avais reçu Oreste pour l'offrir à son père[1] ! Et à cette heure j'apprends qu'il est mort, pauvre de moi !… Allons, je vais chercher l'homme qui a pourri cette maison : celui-là, il accueillera bien volontiers la nouvelle.

LE CORYPHÉE

Dis-moi : en quel arroi lui fait-elle dire de venir ?

LA NOURRICE

En quel quoi[2] ?… Répète un peu, que je comprenne mieux.

LE CORYPHÉE

Avec des gardes du corps ? ou tout seul, à pied ?

LA NOURRICE

Elle a dit qu'il amène avec lui une escouade en armes.

LE CORYPHÉE

Ça, ne le lui fais pas savoir, à cette horreur de maître ! Avertis-le de venir seul, pour ne pas faire

---

1. C'est la grande fierté de la brave femme, le plus beau jour de sa vie : avoir présenté à son maître et à son roi l'héritier de la race. Cf. v. 750. **2.** Elle n'a pas compris le mot trop noble d'« arroi ».

dire qu'il a peur. Et tiens-toi le cœur en joie, autant que tu le peux : tel qui porte un message, sur lui repose le succès d'un plan secret[1].

LA NOURRICE

Tu gardes confiance, après ce qu'on vient d'apprendre ?

LE CORYPHÉE

Mais si jamais Zeus intervient dans nos malheurs, et que le vent tourne ?

LA NOURRICE

Est-ce possible ? L'espoir de la maison, c'était Oreste, et il est balayé !

LE CORYPHÉE

Pas encore : qui parierait sur sa mort serait mal inspiré.

LA NOURRICE

Qu'est-ce que tu dis ? Tu sais quelque chose en dehors de ce qu'on nous a dit ?

---

1. Pour rendre courage à la Nourrice sans lui révéler imprudemment la vérité, le Coryphée use d'une formule voilée. Le Chœur, comme on voit, prend une part active à la réalisation de la vengeance.

LE CORYPHÉE

Va porter ton message, fais ce dont tu es chargée – et laisse aux dieux le soin des soins qui leur incombent !

LA NOURRICE

Eh bien, j'y vais, et j'obéirai à ton avis. Que les choses tournent aussi bien qu'il se peut, avec la grâce des dieux !

Elle s'éloigne.

LE CHŒUR

[Strophe I]

Ô Zeus[1]*, je t'implore à cette heure,*
Toi, père des dieux de l'Olympe !
Daigne nous accorder [...
...]
J'obéis à Justice en te parlant ainsi :
ô Zeus, à toi d'avoir égard à Elle !

Sur ses ennemis, ô Zeus,
donne le pas à celui
qui vient d'entrer au palais !
Si Tu l'exaltes bien haut
il t'en revaudra la grâce
en t'offrant, de bon vouloir,
doubles et triples largesses.

---

1. Ce chant du Chœur nous est parvenu très corrompu. En bien des passages la traduction est aléatoire ou impossible.

[Antistrophe I]

Veille sur le galop que prend,
traînant le char de ses douleurs,
cet orphelin d'un homme en qui Tu t'es complu...
[...
...]
jusques au but où l'appelle sa course.

Sur ses ennemis, ô Zeus,
donne le pas à celui
qui vient d'entrer au palais !
Si Tu l'exaltes bien haut
il t'en revaudra la grâce
en t'offrant, de bon vouloir,
doubles et triples largesses.

[Strophe II]

Et vous, divinités intimes du palais,
qui couvez les trésors dont leurs murs sont comblés,
soyez de cœur et d'oreille avec nous !
Allons, éteignez, par fraîche justice,
la dette de sang des anciens forfaits !
Que le meurtre envieilli
cesse enfin de se propager !

Et Toi qui as pour demeure
la fondation bénie
de l'ample Bouche Béante[1]*,*
accorde dans ta bonté
à la Maison de cet homme

---

1. Apollon, dont le sanctuaire à Delphes était établi autour d'une faille rocheuse d'où était censée émaner la voix de ses oracles.

de retrouver son regard,
de voir la douce lumière
de sa libération
déchirer devant ses yeux
les ténèbres qui la couvrent !

[Antistrophe II]

Que le Fils de Maïa, selon ses justes voies[1],
nous aide, en bon vouloir : il est incomparable
pour donner bon vent à une entreprise...
[...
...
...
...]

Et Toi qui as pour demeure
la fondation bénie
de l'ample Bouche Béante,
accorde dans ta bonté
à la Maison de cet homme
de retrouver son regard,
de voir la douce lumière
de sa libération
déchirer devant ses yeux
les ténèbres qui la couvrent !

[Strophe III]

Alors, oui bien, nous chanterons
pour ce palais l'hymne de délivrance :
et toutes nos voix féminines
rendront grâces en chœur, au nom de la Cité :

---

1. Les « justes voies » d'Hermès, celles que légitime son patronage, ce sont celles de la ruse et de la tromperie : les v. 815-818, trop gâtés pour être traduits, développaient ce thème.

pour nous, c'est bénéfice et bénédiction
de voir le malheur quitter nos amis!

Hardi ! voici ton tour[1] *: à toi d'agir !*
Quand elle te criera : « Mon fils ! »,
réplique-lui d'un mot : « Mon père... »
et mène à bien sans peur – tu seras sans reproche –
la sinistre besogne !

[Antistrophe III]

Armant ton cœur, comme Persée[2]*,*
d'une énergie farouche pour servir
tes bien-aimés, qu'ils soient sous terre
ou sous le ciel [...
...]
et fais périr l'auteur de cette mort !

Hardi ! voici venir ton tour : à toi d'agir !
Quand elle te criera : « Mon fils »
réplique-lui d'un mot : « Mon père... »
et mène à bien sans peur – tu seras sans reproche –
la sinistre besogne !

Entre Égisthe.

ÉGISTHE

Me voici : on m'a demandé de venir, ce n'est pas moi qui en ai eu l'idée. Des étrangers, paraît-il, sont

1. Ces paroles s'adressent à Oreste. 2. Persée a su détourner les yeux du visage de la Gorgone pour pouvoir la tuer : ainsi fera Oreste pour n'être pas « pétrifié » par le regard suppliant de sa mère.

arrivés avec une nouvelle bien fâcheuse : la mort d'Oreste. Voilà qui serait un poids bien angoissant de plus pour accabler une maison que la dent du précédent malheur laisse encore saignante. Dois-je présumer que là-dessous brille le regard de la vérité, ou que ce sont des racontars de femmes peureuses, qui ne jaillissent et ne voltigent que pour se dissiper dans leur inanité ? Que peux-tu me dire pour que j'en aie le cœur net ?

LE CORYPHÉE

La chose est venue à mes oreilles. Mais informe-toi auprès de ces étrangers : tu n'as qu'à entrer. Un message transmis n'a pas l'autorité d'une information qu'on va chercher personnellement sur place.

ÉGISTHE

Oui, je veux à mon tour voir ce messager et l'interroger. Était-il présent de sa personne, auprès du mourant, ou parle-t-il sur la foi de quelque vague rumeur ? Il ne me trichera pas : j'ai de l'œil, et de la cervelle.

Il pénètre au palais.

LE CORYPHÉE

Zeus, Zeus, que dois-je dire ? Quel premier mot choisir ici pour élever vers les dieux ma prière ? Et comment la conduire pour mettre ma parole au niveau de mon zèle ?… C'est l'heure où, dans l'assaut, les épées meurtrières vont se tacher de sang – soit pour qu'Agamemnon voie sa Maison détruite par un écroulement total et sans recours, soit pour que, rallumant la flamme et la lumière de délivrance, Oreste reprenne le pouvoir et le gouvernement de ses concitoyens… À lui le fastueux patrimoine ancestral : c'est l'enjeu de la lutte où le farouche Oreste va se mesurer seul, en relevant le gant, contre deux adversaires. Veuille le Ciel qu'il en sorte vainqueur !

On entend un long hurlement d'Égisthe, provenant du palais.

Holà, oh ! oh ! qu'arrive-t-il à la Maison ? Est-ce le dénouement ?

Prenons nos distances, tandis que l'affaire se termine, pour ne pas sembler complices de ces horreurs. Car l'issue du combat est d'ores et déjà acquise.

Le Portier débouche, éperdu, par l'entrée centrale du palais.

LE PORTIER

Hélas ! encore hélas ! On a abattu le maître ! Hélas ! trois fois hélas ! M'entend-on ? Égisthe est mort ! *(Courant vers une porte latérale, qui est celle du gynécée.)* Ouvrez bien vite, là, chez les femmes ! Retirez les barres de la porte !… Ah ! il faudrait un homme en pleine vigueur… Mais quoi ?… pour venir à la rescousse ? pas besoin : la mort a fait son œuvre… Ils sont sourds ? Ils dorment ? J'ai beau donner de la voix, c'est inutile, je m'égosille pour rien ! Où est partie Clytemnestre, que fait-elle[1] ?

1. Vers 883-884, rejetés par Herwerden : « J'ai idée que c'est à son tour à elle d'avoir le couteau sur la gorge, et sa tête va tomber sous un coup justicier. »

CLYTEMNESTRE *(apparaissant à la porte du gynécée)*

Eh bien ? qu'y a-t-il ? Pourquoi pousses-tu ces cris devant la maison ?

LE PORTIER

Les morts font périr les vivants ! Voilà.

Il s'enfuit.

CLYTEMNESTRE

Malheur à moi ! J'ai compris, j'ai le mot des énigmes[1]... Nous allons mourir par traîtrise, comme nous avons tué... Ah, si l'on pouvait me donner une hache, vite, vite, pour abattre cet homme ! Sachons si nous allons vaincre ou être vaincus, puisque c'est à cela que je suis acculée dans mon malheur...

Elle se dirige vers la porte centrale, où s'encadre soudain Oreste, l'épée en main, avec Pylade derrière lui.

ORESTE

Toi aussi, je te cherche. Lui, son compte est bon.

CLYTEMNESTRE

Malheur à moi ! Tu es mort, Égisthe, mon amour et ma force ?

---

1. Dans une intuition foudroyante, elle comprend, *l'une par l'autre*, les deux énigmes : celle de son rêve et celle de la réplique apparemment insensée qui vient de lui être faite. Cf. v. 39-42.

ORESTE

Tu l'aimes ? Eh bien, tu coucheras avec lui – dans le même tombeau. Il est mort, mais tu ne risqueras pas de le trahir !

CLYTEMNESTRE

Arrête, fils ! *(Elle se jette à ses genoux en déchirant sa robe.)* Respecte ce sein sur lequel tu t'es souvent endormi, mon enfant, tout en suçant à pleines gencives le bon lait qui t'a fait grandir !

ORESTE *(hésitant)*

Pylade, que dois-je faire ? Respecterai-je la vie de ma mère ?

PYLADE

Mais alors que fais-tu des oracles de Loxias[1], des édits rendus à Delphes, de la fidélité à tes beaux serments ? Dis-le-toi bien : il vaut mieux être en haine à tous plutôt qu'aux dieux.

ORESTE

La cause est entendue : tu as raison, ton avis est bon. *(À Clytemnestre.)* Suis-moi : c'est près de l'autre, à ses côtés que j'entends t'égorger. Vivant, tu l'as préféré à mon père : dors avec lui dans la mort,

1. Présent depuis le premier vers du drame au côté d'Oreste, Pylade n'ouvre la bouche que pour prononcer ces trois vers dans lesquels il apparaît clairement comme le porte-parole d'Apollon.

puisque c'est cet homme-là que tu aimes, et que tu hais celui que tu devais aimer.

CLYTEMNESTRE

C'est moi qui t'ai nourri, je veux vieillir à ton foyer…

ORESTE

Tu as tué mon père, et tu vivrais sous mon toit ?

CLYTEMNESTRE

Le Destin a sa part de responsabilité en cela, mon enfant…

ORESTE

C'est donc le Destin qui te vouait à la mort que voici.

CLYTEMNESTRE

Tu n'as pas égard, mon enfant, à la malédiction d'une mère ?

ORESTE

Une mère, vraiment ? Tu m'as jeté sur les chemins, dans les bras du malheur !

CLYTEMNESTRE

Sur les chemins ? Non pas : je t'ai hébergé chez un ami éprouvé.

ORESTE

J'ai été indignement vendu, moi dont le père n'avait rien d'un esclave !

CLYTEMNESTRE

Et quel profit en ai-je tiré en échange ?

ORESTE

Je rougis de te souffleter en précisant ce qu'il fut.

CLYTEMNESTRE

N'en rougis pas – mais dis aussi les fautes de ton père.

ORESTE

Ne t'en prends pas à lui : il était à la peine quand tu te prélassais au coin du feu.

CLYTEMNESTRE

C'est dur pour une femme, mon enfant, de rester confinée loin de son mari.

ORESTE

Mais c'est le labeur du mari qui entretient les femmes au coin de leur feu[1].

---

1. Cette réplique n'est pas une banalité oiseuse. Oreste rappelle de façon cinglante à Clytemnestre qu'elle profite de l'énorme butin rapporté de Troie par son mari. Cf. v. 136-137.

CLYTEMNESTRE

En vérité, mon enfant, tu vas donner la mort à ta mère ?

ORESTE

C'est à toi-même, non à moi, que tu devras la mort.

CLYTEMNESTRE

Prends garde, songes-y bien : les Furies maternelles vont te mettre aux abois !

ORESTE

Et celles de mon père, comment y échapper si je renonce ?

CLYTEMNESTRE

En vérité, je suis là, pauvre vivante, comme devant un tombeau : larmes inutiles !

ORESTE

Le sort infligé à mon père t'assignait la mort que tu vas subir.

CLYTEMNESTRE

Las ! C'est donc ce serpent que j'ai mis au monde et nourri !

ORESTE

Elle présageait juste, la terreur que t'a inspirée ton rêve ! Tu as tranché une vie qui devait t'être sacrée : tu la paieras de celle qui aurait dû m'être sacrée.

Aidé de Pylade, il entraîne Clytemnestre dans le palais.

LE CORYPHÉE

Même ce couple-là, son triste sort m'arrache des sanglots. Mais puisque voici posé par le malheureux Oreste le couronnement de tant de tueries, je préfère tout de même que ce ne soit pas l'Œil de la Maison qui soit éteint à tout jamais.

LE CHŒUR

[Strophe I]

Elle est venue, Justice, avec le temps,
frapper la race de Priam
d'un lourd et juste châtiment[1].
Il est venu dans le palais d'Agamemnon
chercher double proie, le lion,
double carnage, le tueur !
Il est allé jusqu'au bout de sa course,
le banni, conseillé par l'oracle de Delphes :
l'avis du dieu l'a bien conduit sans son élan.

---

1. Le Chœur, formé de captives troyennes, voulant montrer que toute faute se paie, songe d'abord très naturellement à celle de Pâris, qu'a punie la ruine de leur cité.

Chantez d'allégresse, ah !
sur la demeure de vos maîtres
qui vient d'échapper à ses peines,
aux deux âmes damnées qui pillaient ses trésors,
au sinistre chemin qu'avait pris son destin !

[Antistrophe I]

Il est venu, le combattant de l'ombre
qui s'est chargé, par la feintise,
de leur infliger châtiment !
Elle est venue toucher son bras dans le combat,
l'authentique Fille de Zeus
que nous invoquons ici-bas
sous le beau nom qui lui est dû : Justice !
Elle qui fait souffler le vent de Sa colère
contre Ses ennemis pour les anéantir.

Chantez d'allégresse, ah !
sur la demeure de vos maîtres
qui vient d'échapper à ses peines,
aux deux âmes damnées qui pillaient ses trésors,
au sinistre chemin qu'avait pris son destin !

[Strophe II]

Le cri lancé par le dieu du Parnasse,
Loxias, suzerain
de l'énorme creux souterrain,
s'est attaqué
— et la traîtrise ici n'est point traîtrise –
au chancre invétéré.
La victoire toujours reste à la loi divine,
ne point se mettre au service du crime,
et rendre un digne culte
à Ceux qui règnent dans les cieux.

À nos regards est rendue la lumière :
la maisonnée voit dénoué son lourd bâillon.
Relève-toi, palais qui depuis si longtemps
gisais au sol, démantelé !

[Antistrophe II]

Bientôt, l'instant qui va tout dénouer
franchira cette porte
et prendra place sous ce toit :
quand le foyer
sera rendu net de toute souillure
grâce à ces exorcismes
qui savent balayer les aberrations.
Un beau destin sourira de nouveau [...
...] pour ceux à qui s'ouvrent ces murs.

À nos regards est rendue la lumière :
la maisonnée voit dénoué son lourd bâillon.
Relève-toi, palais qui depuis si longtemps
gisais au sol, démantelé !

La porte centrale s'ouvre. Les cadavres de Clytemnestre et d'Égisthe sont étendus à terre. Oreste, tenant d'une main son épée sanglante, de l'autre une étoffe, est debout auprès de sa mère ; Pylade, auprès d'Égisthe, tient un rameau de suppliant.

ORESTE

Voyez-les, les deux tyrans de ce pays, les assassins de mon père, les dévastateurs de mon patrimoine ! Chamarrés hier de leur prestige quand ils siégeaient sur le trône, ils sont encore aujourd'hui unis : vous pouvez bien deviner ce qui leur est arrivé ! Et le serment dont ils s'étaient liés est tenu : ensemble ils avaient juré de tuer mon pauvre père, et de mourir ensemble – sur cela aussi ils ont fait honneur à leurs engagements. *(Déployant l'étoffe)* Voyez à présent, vous qui n'avez su ces horreurs que par ouï-dire, voyez à quoi ils ont eu recours pour paralyser mon pauvre père, pour lui lier les mains, lui entraver les pieds ! Déployez-le vous-mêmes, approchez, faites cercle, étalez ce qui a capturé le gibier humain qu'ils ont fait de lui ! Père, regarde – non pas toi dont je suis le fils, mais Toi qui surveilles tout ici-bas, Soleil ! Vois l'abominable ouvrage de ma mère, pour pouvoir te porter témoin un jour, devant la justice, que j'étais justifié à la pourchasser et à me faire ici son bourreau. Bourreau d'Égisthe, cela ne compte pas : suborneur qu'il était, justice est faite de lui selon la loi[1]. Mais celle qui a mûri cet atroce complot contre l'homme qui l'avait rendue enceinte et lourde de ses enfants (ils l'ont aimée jadis, ils la haïssent aujourd'hui, et ils le montrent cruellement !), quel être est-ce là, dis-moi ? Un requin[2] ? un serpent ? Elle était capable d'infecter, même sans mordre, ce qu'elle frôlait de son impudente et criminelle insolence… À *cela* quel nom donner, si je ne veux blasphémer[3] ? Trébuchet pour un grand

---

1. Selon la loi athénienne, un homme adultère peut être tué par un mari ou un fils, s'il est pris en flagrant délit. Faute de flagrant délit, l'adultère est, dans le cas d'Égisthe, parfaitement avéré et depuis longtemps. **2.** Mot à mot : une « murène ». **3.** Dans les vers qui suivent, pour ne pas « blasphémer » la mémoire de sa mère maintenant qu'elle a payé sa dette, Oreste semble ne parler que de l'instrument du crime ; mais c'est à elle-même qu'il pense, comme le montre l'exécration finale.

fauve ? Linceul où est enveloppé tout de son long un corps qui baigne dans la mort ? Non, une nasse plutôt, un filet, pourrait-on dire, un lasso qui entrave les chevilles : tout ce que se procurerait un forban, perfide à ses hôtes, qui aurait pour règle de vie de détrousser les gens, et à qui un pareil chef-d'œuvre de traîtrise réchaufferait grandement le cœur en lui permettant grands ravages ! Ah ! puissé-je n'avoir jamais dans ma maison une telle compagne ! Veuille plutôt le Ciel me laisser mourir sans enfants !

LE CHŒUR

Hélas ! Hélas ! Exploits sinistres ! Et voici qu'une mort atroce est venue sceller ton destin ! Hélas ! Hélas ! Si tardive que soient les peines, leur fleur un jour s'épanouit !

ORESTE

A-t-elle fait cela, oui ou non ? J'ai le témoignage de ce tissu pour dire de quelles éclaboussures l'a marqué l'épée d'Égisthe ! Le temps n'est pas seul à attaquer la riche gamme de ses couleurs : la rouille du sang y a sa part. À présent, là devant, j'ai de quoi m'applaudir – et me désoler tout à la fois. Invoquant ce tissu qui m'a tué mon père, je pleure, et sur le crime, et sur son châtiment, et sur toute ma race. Cette victoire ne me laisse aux mains qu'une souillure répugnante.

LE CHŒUR

Nul mortel ne passe ici-bas toute sa vie impunément sans avoir à payer son dû, hélas ! hélas ! Si tel est frappé sur-le-champ, tel autre le sera demain !

ORESTE

Mais je tiens à ce que vous sachiez... Car je ne sais quel sera le dénouement : c'est comme si les chevaux que je guide s'emballaient hors de la piste... C'est la déroute, mes esprits ne m'obéissent plus... Devant mon cœur préludent les trilles de l'Épouvante pour lui donner le branle à grand fracas... Ah ! tant que je garde encore ma raison, qui m'aime m'entende ! Je proclame que j'étais parfaitement justifié à tuer ma mère : elle n'était que souillure et abomination à la face du Ciel. Et ce qui m'a instillé l'audace de mon acte, j'affirme que c'est au premier chef l'oracle de Loxias, qui m'a prédit qu'en l'accomplissant je serais à l'abri de toute poursuite criminelle, mais si je m'en dispensais... ah ! je ne vous dirai pas le châtiment ! c'étaient des tortures comme nul ne pourra les décrire... *(Pylade lui tend son rameau.)* Et à présent vous voyez les dispositions que j'ai prises : avec ce rameau ainsi paré[1], je vais me rendre chez Loxias, en son sanctuaire sis au Nombril du monde et où s'atteste l'éclat d'une flamme impérissable – pour fuir ce sang qui est aussi le mien. C'est ce foyer-là, et nul autre, que Loxias m'a prescrit de

1. Une branche d'olivier entourée de laine blanche, pour implorer Apollon de le purifier (cf. *Euménides*, v. 40). Le rôle attribué ici à Pylade peut aussi être tenu par un serviteur muet.

rejoindre. Et, plus tard, je demande à tous les Argiens de se rappeler comment ces malheurs sont arrivés, en me rendant témoignage devant Ménélas[1]... Quant à moi, chemineau banni de ce pays [...] mort et vivant, voilà le renom que je laisserai.

LE CORYPHÉE

Allons donc ! Tu as tout mené à bien. Tiens tes lèvres vierges de propos sinistres ! Ne parle pas de malheur le jour où tu as délivré toute la cité d'Argos, heureux champion, en décapitant deux serpents !

Oreste, qui allait sortir, montre soudain les signes d'un violent effroi.

ORESTE

Aah ! Qui est-ce là ?... Ces femmes[2]... On dirait des Gorgones... Noir-vêtues... des serpents emmêlés autour d'elles... ils grouillent... Je n'y tiens plus... Fuir !

---

1. Ménélas n'est pas encore rentré à Argos ; la tempête qui a détruit la flotte grecque à son retour de Troie a emporté son navire, « mais il y a espoir qu'il soit un jour de retour dans sa demeure » (le Héraut, *Agam.*, v. 579) ; l'allusion au frère d'Agamemnon est en rapport avec le sujet du drame satyrique *Protée* qui complétait la tétralogie de 458.

2. L'apparition des Érinyes à Oreste – et à lui seul – constitue un coup de théâtre qui infléchit brusquement la scène à l'instant où le Coryphée s'efforçait de redonner confiance au héros en parlant de son triomphe. Telles que les voit Oreste dans les hallucinations qui l'assaillent, les Érinyes sont très semblables aux choreutes des *Euménides* que décrit la Pythie épouvantée au prologue de la dernière tragédie (*Euménides*, v. 46 et suivants).

LE CORYPHÉE

Quoi ? Ce sont des idées que tu te fais là ! Ton père te chérit plus que tout au monde[1]... C'est un vertige... Tiens ferme, ne crains rien, après ta grande victoire !

ORESTE

Ce ne sont pas des idées, ce qui vient ici me tourmenter ! Je ne m'y trompe pas : les voici, les chiennes enragées de ma mère !

LE CORYPHÉE

Le sang sur tes mains est encore tout frais. C'est de là que vient le désarroi d'esprit qui te saisit.

ORESTE

Apollon, Seigneur ! Les voici qui pullulent ! de leurs yeux perlent des gouttes de sang... quelle horreur !

LE CORYPHÉE

Une chose peut balayer tout cela : tends la main vers Loxias, il t'affranchira de ces tourments.

ORESTE

Vous ne les voyez pas, vous ! Moi je les vois, elles me traquent, je n'y tiens plus... Fuir !

---

1. Ces mots sont dits pour rassurer Oreste : chez les morts, il a *aussi* un défenseur.

Il se rue, éperdu, hors de la scène.

LE CORYPHÉE

Bonne chance à toi ! Que la Providence divine, dans sa bienveillance, te garde pour un dénouement propice !

Voilà. Sur ce palais royal, pour la troisième fois l'ouragan atavique a fait passer son souffle. Tout commença d'abord par la calamité de Thyeste mangeant la chair de ses enfants. Ensuite, les malheurs d'un mari et d'un roi : la Grèce a vu périr égorgé dans son bain le chef de ses guerriers. Pour la troisième fois voici qu'on frappe encore… est-ce pour tout sauver, ou tout perdre ? Que dire ? Jusqu'où ira la route, avant qu'on voie enfin que tout est consommé, que s'apaise et s'endorme cette rage d'Enfer ?

L'Orestie

* * *

Les Euménides

ANALYSE

Sur le parvis du sanctuaire de Delphes, la Pythie se présente (v. 1-33). Elle entre dans le temple mais ressort aussitôt, bouleversée : le lieu saint est occupé par un suppliant couvert de sang, cerné par un hideux essaim de monstres endormis (v. 34-63). Le temple s'ouvre : Apollon (aussi appelé Loxias, « l'Oblique ») conseille à Oreste de profiter du sommeil de ses persécutrices pour gagner Athènes où Pallas le protégera (v. 64-93). Sitôt Oreste parti et le dieu disparu, l'Ombre de Clytemnestre vient harceler les Furies ; elles s'éveillent et s'indignent de voir qu'Apollon leur a soustrait leur victime. Le dieu les chasse en les envoyant à Athènes ; elles s'éloignent, crachant des bravades (v. 94-234).

Changement de décor : sur l'Acropole d'Athènes Oreste se jette aux pieds de la statue de Pallas ; aussitôt les Furies viennent l'assiéger (v. 235-306). Longue danse de mort du Chœur qui célèbre sa puissance et sa loi imprescriptible (v. 307-396). Athéna paraît, interroge les Furies et Oreste, et décide que le débat sera tranché sous sa présidence par un jury de sages Athéniens (v. 397-489). Le Chœur proteste et proclame qu'il incarne la Justice la plus sacrée

(v. 490-565). La séance est ouverte : interrogatoire d'Oreste et plaidoyer d'Apollon en sa faveur (v. 566-680). Recommandation d'Athéna au tribunal pour la suite des âges (v. 681-710). On vote : les voix pour et contre Oreste sont en nombre égal, celle d'Athéna décide de l'acquittement (v. 711-777).

Indignation des Furies qui résistent longtemps aux invitations que leur fait Athéna de se lier aux gens d'Athènes par un pacte d'amitié : en échange des grands honneurs qu'elles recevront, elles deviendront les Bienveillantes et assureront le bonheur de la cité (v. 778-915). Elles acceptent enfin et la pièce s'achève dans la paix et la joie par la procession où tout le peuple athénien va installer solennellement les Euménides dans leur sanctuaire (v. 916-1047).

PERSONNAGES

La PYTHIE de Delphes.

APOLLON.

ORESTE, meurtrier de sa mère Clytemnestre.

L'OMBRE de CLYTEMNESTRE.

CHŒUR des Furies vengeresses.

ATHÉNA.

Groupe d'Athéniens, appelés à former le tribunal de l'Aréopage.

Femmes et enfants d'Athènes.

La scène est à Delphes, devant le sanctuaire où sont rendus les oracles dictés par Apollon Loxias. La Pythie paraît et s'avance vers le temple, mais s'arrête avant d'entrer.

LA PYTHIE

D'abord, entre les dieux, j'invoque au premier chef, Prophétesse première, la Terre ; et après elle, Thémis qui est venue, succédant à sa mère, occuper, la seconde à ce que l'on assure, ce siège oraculaire. Celle-ci, de bon gré et sans nulle contrainte, en investit, troisième, une autre Titanide et fille de la Terre, Phébé – qui à son tour le transmit à Phébus en cadeau de naissance (et le nom de Phébus est dérivé du sien). Il quitte donc Délos, sa palud, son piton, il accoste aux rivages de Pallas[1], en ce nœud des routes mari-

1. Dès le début de cette pièce composée à la gloire d'Athènes et de sa déesse tutélaire, Eschyle les met en belle lumière : Pallas est en quelque sorte la Portière du sanctuaire de Delphes, et ce sont les Athéniens – descendants d'Héphaïstos par Érichthonios – qui ont les premiers salué de leur piété et servi de leurs efforts Apollon Pythien. Il existe des versions moins pacifiques

times, pour se rendre en son fief ici, sous le Parnasse. Les enfants d'Héphaïstos en grande piété lui ouvrent le chemin, l'escortent, aplanissent la rudesse du sol sous ses pas : il arrive, reçoit fervents hommages du peuple, et de Delphos, le prince qui tenait ici le gouvernail. Et Zeus, lui infusant les dons surnaturels de l'Esprit, l'installa, quatrième occupant, au trône prophétique. Oui, c'est de Zeus son père que Loxias ici est le porte-parole. C'est à ces déités que j'adresse d'abord mon hymne de prière. À leur prééminence on associe encore Pallas du Front-du-Temple[1]. Pieux hommage aussi aux Nymphes habitant l'antre de Corycie[2] que hantent les oiseaux, où font halte les dieux – je fais mémoire ici de Bacchus, dieu des Transes : il occupe ce lieu depuis qu'il conduisit au combat ses Ménades, infligeant à Penthée le sort fatal d'un lièvre étripé par des chiens[3]. Et vous, eaux du Pléistos, force de Poséidon, je vous invoque, et Zeus Très-Haut, Maître suprême, avant d'aller m'asseoir au siège prophétique. J'entre, et veuille le Ciel, plus

---

de l'installation d'Apollon à Delphes (cf. l'*Hymne à Apollon*, qui fait partie des hymnes homériques) ; la tradition la mieux établie le faisait d'autre part aborder non pas en Attique mais en Béotie.

1. Le sanctuaire d'Athéna Pronaia, à Delphes, est situé comme l'indique l'épiclèse Pronaia devant le temple d'Apollon, un peu à l'est et en contrebas. 2. Antre situé sur le Parnasse, nettement au-dessus du sanctuaire d'Apollon, et consacré aux Nymphes. 3. Penthée, roi de Thèbes, fut mis en pièces par sa mère Agavé et les Thébaines que Dionysos avait frappées de folie pour les punir de ne pas le reconnaître comme dieu. Dionysos habitait Delphes pendant les trois mois d'hiver, en l'absence d'Apollon qui résidait alors chez les Hyperboréens.

qu'il n'a fait jamais, me bénir en ce jour du don de clairvoyance ! Que tous les consultants de tous les points de Grèce se présentent au rang qu'ils ont tiré au sort, ainsi qu'il est de règle. Car mes prédictions suivent l'ordre dicté par le dieu qui m'inspire[1].

Elle entre dans le sanctuaire, d'un pas solennel, et réapparaît au bout de quelques instants, éperdue, chancelante et s'appuyant aux murs.

Ah ! c'est épouvantable à dire, épouvantable à voir de ses yeux, ce qui me fait reculer, me chasse du temple de Loxias !... J'en suis au point de défaillir, je n'ai plus la force de tenir debout... J'ai besoin de mes mains pour accourir, j'ai les jarrets coupés... Une vieille femme terrorisée, ce n'est rien, ou plutôt c'est comme un enfant... Je m'avançais vers l'Arcane où sont appendues mille offrandes – et je vois, sur l'Ombilic[2], un homme, un sacrilège, qui y est blotti en suppliant... Ses mains ruissellent de sang, il a une épée fraîchement arrachée de quelque plaie[3], et une haute branche vivace d'olivier amplement et

---

1. La prophétesse ne gouverne pas elle-même ses réponses, qui ne font que passer par elle, dans l'ordre où les lui impose le dieu, ordre qu'il a lui-même fixé en réglant le tirage au sort. **2.** Pierre sacrée, centre du culte de Delphes, et qui était censée marquer le centre, le « nombril » du disque terrestre. **3.** Un commentateur opine, assez prosaïquement, que si l'épée d'Oreste est mouillée de sang, ce doit être celui du pourceau qu'il a immolé avant d'approcher Apollon (cf. v. 283). En tout cas la Pythie ne semble pas interpréter la chose de façon si apaisante, et Eschyle entend bien nous faire penser au sang de Clytemnestre. Peu importe l'invraisemblance du fait qu'il n'ait pas eu le temps de sécher pendant le trajet d'Argos à Delphes.

dévotement garnie de laine blanche – oui, une vraie quenouillée[1]. Sur tout cela, pas l'ombre d'un doute. Mais devant cet homme, il y a une étrange cohorte : des femmes qui dorment, affalées sur des sièges – des femmes, non… des Gorgones, veux-je dire… Mais le portrait que j'en ferai n'est pas non plus celui-là : plutôt Harpyes, telles qu'il m'est arrivé d'en voir figurées en peinture, arrachant à Phinée le pain de la bouche[2]. Mais celles-ci sont sans ailes, et noires, d'une tournure en tout point répugnante. Elles ronflent avec des halètements à faire le vide autour d'elles ; de leurs yeux s'épanche un suintement sinistre[3]. Et leur ajustement ! Quel scandale, qui se présenterait ainsi soit devant les images divines, soit au seuil des maisons humaines ! Je n'ai jamais vu cela… Cette horde, quelle est sa race ? Quel pays peut se flatter d'avoir impunément pris soin de nourrir pareille engeance ? Quel cuisant remords il doit en avoir !… Quant aux suites, c'est au Maître de cette demeure, à Loxias tout-puissant, d'y aviser en personne. N'est-il pas oracle guérisseur, ne sait-il pas interpréter les prodiges, et purifier même les demeures d'autrui ?

Elle se retire. Le temple s'ouvre. On voit Oreste, blotti près de la pierre sacrée. Apollon se dresse tout près de lui ; de l'autre côté, en retrait,

---

1. Cf. *Choéphores*, v. 1035. **2.** Phinée, roi aveugle de Salmydesse, en Thrace, fut délivré des Harpyes, qui lui ravissaient ou lui souillaient sa nourriture, par les Argonautes, auxquels il indiqua le chemin de la Colchide. **3.** Du sang, cf. *Choéphores*, v. 1058.

Hermès. Les Furies sont alentour, toutes vêtues de noir, prostrées dans un profond sommeil.

APOLLON

Non certes, je ne te trahirai pas ! Sans fin ni cesse, je t'aurai sous ma garde, de près, de loin, présent, absent – et sans me laisser entamer par tes ennemis. Dès à présent je les tiens, ces Enragées, tu vois : elles sont tombées de sommeil, ces filles exécrables, ces vieilles des temps jadis, et avec qui ni dieu, ni homme ni bête n'a jamais frayé. Elles ne sont nées que pour le mal – aussi bien leur repaire est-il celui du mal : la Ténèbre, le Tartare Souterrain, qui fait horreur aux dieux de l'Olympe comme aux humains. Néanmoins, enfuis-toi d'ici – et ne flanche pas ! Car elles vont te pourchasser au long du continent, dans tes foulées, dans tes brouillages de piste, toujours, en toute contrée, et jusque par-delà la mer et les citadelles que cernent ses flots… De cette transhumance de misère, va, ne te lasse pas, que tu n'aies atteint la cité de Pallas : alors, prends poste tout contre son antique image en la serrant à pleins bras. Et là, nous aurons des juges pour ton cas, nous plaiderons pour l'aplanir, et nous saurons manœuvrer pour te délivrer à jamais de ces misères ! Car tu n'as fait que m'obéir en tuant celle qui était ta mère.

ORESTE *(sans se lever encore)*

Seigneur Apollon, tu sais te refuser à l'injustice. Puisque tu le sais, apprends aussi à te refuser à la négligence. À ce prix ta puissance m'est un gage assuré de tes bienfaits.

APOLLON

Oui, souviens-t'en bien. Ne te laisse pas décourager par la terreur. *(À Hermès)* Et toi, mon propre frère, de même sang, de même père que moi, Hermès, veille sur lui. Fais honneur à ton nom de Guide[1], prends-le sous ta houlette, il est mon suppliant. Zeus lui-même a égard aux égards qu'ici-bas reçoivent les hors-la-loi[2] pour les guider avec bonheur en leur chemin.

Apollon disparaît. Hermès touche l'épaule d'Oreste qui se lève et s'éloigne à sa suite vers la campagne. Un instant de vide et de silence plane sur les Furies toujours endormies. Apparaît l'Ombre de Clytemnestre.

CLYTEMNESTRE *(d'une voix à la fois lointaine et très âpre)*

Hé, vous autres ! dormez bien ! Qu'ai-je à faire de dormeuses ? C'est ainsi que vous me laissez en butte aux outrages des autres morts ? On ne se prive pas, chez les ombres, de me souffleter du nom de meurtrière, en me chassant de tous côtés honteusement[3]. Oui, là-bas, je vous en avise, on me met

---

1. Hermès *Pompaios* est le protecteur des voyageurs ; il est aussi le dieu *psychopompe*, qui accompagne les âmes des morts jusqu'aux Enfers. **2.** Ce mot traduit le terme grec ἔκνομος, qui signifie sans doute « étranger » mais aussi « suppliant », et c'est à ce titre qu'Oreste est sous la protection de Zeus *Hikésios*. **3.** Eschyle souligne ici en passant quelle chaîne sans fin forge la loi qui exige crime pour crime. Clytemnestre, « coupable » d'un meurtre cependant « légitime », sera « innocentée », non pas même à présent qu'elle a été punie de mort, mais seulement quand celui qui l'a tuée aura été abattu à son tour.

cruellement en accusation – et, après le sort atroce que m'a infligé un être proche entre les proches, je n'ai pas une divinité pour moi, pour s'indigner de m'avoir vue égorgée par la main de mon fils ? Les coups que j'ai reçus ne pardonnaient pas. *(Entrouvrant sa robe)* Voyez-les[1] ! Vous avez si souvent lampé mes offrandes, sobres libations propitiatoires où le vin n'entrait point ! Sur les braises du foyer, pour vous nourrir, je sacrifiais en ces heures de nuit où vous êtes seules entre les dieux à vous voir rendre un culte. Et tout cela, aujourd'hui, est foulé aux pieds, je vois ! Il s'est échappé, l'autre, il a filé comme un daim, et voilà ! Vos filets le cernaient, et il s'est volatilisé – il vous a joliment fait la nique ! Écoutez, je vous parle, il y va de ma vie[2] ! Recouvrez vos esprits, déesses souterraines ! En songe, Clytemnestre à cette heure vous hèle !

Le Chœur gronde sans bouger.

Vous pouvez bien gronder ! Votre homme a disparu, évadé : il est loin ! Mes proches ont pour eux des auxiliateurs, et moi je n'en ai point !

---

1. V. 104-105 : « Car quand on dort on est illuminé par les yeux de l'Esprit, s'il est vrai que la voyance n'est pas accordée ici-bas en plein jour. » L'idée est intéressante en elle-même : quand les yeux du corps sont fermés, ceux de l'esprit s'ouvrent ; ainsi s'expliquent à la fois la valeur prophétique des songes, et le don de divination des aveugles, Tirésias, Œdipe, et même Polymestor à la fin de l'*Hécube* d'Euripide. Mais ces vers doivent provenir d'une autre pièce, car ils sont ici hors de place : ils ne s'appliquent qu'aux humains. 2. L'expression est assez courante en grec pour ne pas choquer même dans la bouche d'une morte ; il est clair pourtant qu'Eschyle joue sur les deux sens de ψυχή : « vie », mais aussi « esprit » ou « âme », tout ce qui reste d'un être aux Enfers.

Le Chœur gronde.

C'est trop dormir, vraiment ! N'as-tu pas de pitié devant ce que j'endure ? Celui qui m'a tuée, Oreste, l'assassin de sa mère, il est loin !

Le Chœur aboie, sans bouger.

Tu aboies, mais tu dors ! Allons, debout, et vite ! Vas-tu te décider ? Dis-moi, quel autre office as-tu donc à remplir que celui des géhennes ?

Le Chœur aboie.

Ah, fatigue et sommeil se sont coalisés pour maîtriser les forces de l'hydre épouvantable... Ces filles sont fourbues !

Le Chœur redouble d'aboiements violents.

LE CHŒUR

Taïaut ! taïaut ! taïaut ! taïaut ! taïaut ! Alerte !

CLYTEMNESTRE

Dans ton rêve, tu pourchasses la bête, et tu jappes comme un chien que jamais ne quitte le souci de sa besogne. À l'ouvrage ! Debout ! Ne rends pas les armes à la fatigue ! Prends conscience de ce qu'il en coûte de t'être laissé alanguir par le sommeil ! Que mes justes reproches te déchirent le foie : ce sont bons aiguillons pour la résipiscence ! Cet homme, poursuis-le de ton souffle sanglant ! Sèche-le par l'haleine de feu de tes entrailles ! Talonne-le, épuise-le, traque-le, redouble !

L'Ombre s'efface. Le Coryphée s'éveille et secoue une de ses sœurs.

LE CORYPHÉE

Hé, toi, je t'éveille ! Éveille l'autre à ton tour, éveille ! Debout ! Tu dors ? Envoie bouler le sommeil ! Nous avons lancé la fanfare, sommes-nous en défaut ? Il faut voir !

Les Furies s'éveillent de proche en proche.

LE CHŒUR

[Strophe I]

— *Ha ! mes amies ! Holà ! nous voici bien en peine !*
— *Tant de peine j'ai pris, et c'est en pure perte !*
— *Peineuses peines, las ! Disgrâce bien amère !*
— *Méchef intolérable !*
— *Sautée hors du filet, la bête, et disparue !*
— *Le sommeil m'a vaincue, et j'ai perdu ma proie !*

[Antistrophe I]

— *Et c'est toi, le fils de Zeus, qui viens nous*
[escroquer ! tu fais de nous tes dupes !
— *Sous ton jeune talon, nous, les vieilles déesses !*
— *Et tu n'as de respect que pour ton suppliant,*
l'impie, le fils barbare !
— *Ce parricide, toi, un dieu, tu nous le voles !*
— *Qui prétendra voir là une ombre de justice ?*

[Strophe II]

De mes rêves s'est levé
un reproche contre moi :
il est venu me cingler
comme l'aiguillon qu'un meneur de char

serre à pleine poigne ; il m'a pénétrée
au cœur et au foie... Voici qu'à présent,
sous le fouet de ce bourreau
si féroce, un froid de glace
est venu me saisir, et m'accabler,
ah ! sous le poids de quel accablement !

[Antistrophe II]

Tels sont donc les procédés
de ces jeunes dieux qui veulent
par-delà toute justice
avoir pleins pouvoirs sur le monde entier !
Voici qu'à présent ruisselle de sang
depuis son sommet jusqu'à sa racine,
devant tous les yeux, le Trône,
oui, l'Ombilic de la Terre !
Il s'est laissé saisir et infecter
par le contact horrible d'un tueur !

[Strophe III]

Lui, le Voyant, il a laissé contaminer
et souiller son Foyer !
Oui, de son propre mouvement,
de sa propre initiative,
il a enfreint la Loi divine.
Par déférence à des vues tout humaines
il a mis à néant
l'antique partage des droits !

[Antistrophe III]

Il s'est fait là de moi une ennemie mortelle,
mais même à ce prix-là
il ne sauvera pas son homme
qui jamais, dût-il fuir sous terre,
ne recevra sa délivrance :

Où qu'il recoure, il trouvera partout
au-dessus de sa tête
des Vengeurs pour se relayer.

Apollon apparaît ; jeu de scène muet : de son arc bandé il vise successivement toutes les Furies qui reculent sournoisement.

APOLLON

Dehors ! Allez-vous-en de chez moi, et vite ! C'est un ordre. Décampez hors du saint des saints. Ou bien, sous la dent douloureuse du serpent empenné de blanc qui va jaillir de cette corne d'or, tu vas cracher la noire écume, dégorger les caillots de sang humain que tu as bus, vampire ! Vous n'avez pas à effleurer cette demeure. Allez là où l'on tranche les têtes et arrache les yeux au nom d'une justice d'abattoir, où l'on châtre odieusement les enfants pour tarir une descendance, où l'on coupe les pieds et les mains, où l'on lapide, où hurle l'immense aboi des victimes empalées. Vous entendez ? voilà les festivités que vous chérissez, vous que les dieux vomissent ; et tout votre aspect l'indique. Telles que vous êtes, c'est dans l'antre d'un lion buveur de sang qu'il sied de vous établir, au lieu de venir porter en ce temple oraculaire la contagion de votre souillure ! Allez-vous-en paître ailleurs – et sans berger : pour un pareil bétail nul dieu n'a de tendresse.

LE CORYPHÉE

Apollon, beau Sire, à mon tour ! Écoute-moi. Tout cela, je ne dirai pas que c'est en partie ta faute, non :

c'est toi qui as tout fait, et toute la faute est à toi, à toi seul.

APOLLON

Ouais ? Comment ? Réponds : pas de longueurs, pas de phrases.

LE CORYPHÉE

C'est ton oracle qui a ordonné à ton hôte de tuer sa mère.

APOLLON

Mon oracle fut : « Va assurer la voie à la vengeance de ton père. » Et alors ?

LE CORYPHÉE

Mais ensuite tu as promis de le recevoir, malgré ce sang sur lui, tout frais !

APOLLON

Oui : je lui ai enjoint de chercher refuge en cette demeure.

LE CORYPHÉE

Alors pourquoi ces invectives contre celles qu'il amenait à sa suite ?

APOLLON

C'est une demeure où il ne vous appartient pas d'entrer.

LE CORYPHÉE

Mais il s'agit d'une mission qui nous est assignée.

APOLLON

Honorable mission ! Jolie prérogative dont tu peux te glorifier ! Dis un peu ?

LE CORYPHÉE

Qui a tué sa mère, nous le pourchassons sur les chemins.

APOLLON

Allons donc ! Quand une femme a supprimé son mari…

LE CORYPHÉE

Non : le sang qu'elle verserait ne serait pas le sien.

APOLLON

C'est ravaler bien bas, et jusqu'à néant, le lien inviolable qui a la caution d'Héra, et celle de Zeus ! C'est ravaler Cypris aussi : à raisonner de la sorte, la voici jetée par-dessus bord, Elle de qui les mortels tiennent ce qu'ils ont de plus cher. Le mariage qui scelle le destin d'un homme et d'une femme, quel serment a plus de poids que celui-là pour être respecté en toute droiture ? Si tu es assez molle pour fermer les yeux sur les gens qui s'entre-tuent, sans t'en soucier ni te fâcher, je déclare, moi, que la chasse que tu donnes à Oreste est inique. Je constate qu'ici tu dresses âprement les comptes, et que là tu es manifestement plus débonnaire pour en exiger le règlement ! Mais cette affaire sera soumise à Pallas, qui jugera.

LE CORYPHÉE

Cet homme-là, jamais je ne le lâcherai, n'y compte pas !

APOLLON *(ironique)*

Eh bien, va ! Poursuis-le, continue à t'évertuer !

LE CORYPHÉE

Et toi, abstiens-toi de vouloir rogner sur mes prérogatives.

APOLLON

Tes prérogatives ? On me les offrirait que je n'en voudrais pas.

LE CORYPHÉE

De toute façon, tu es un grand personnage auprès du trône de Zeus, c'est entendu ! Mais moi, le sang d'une mère me presse, et je poursuivrai le châtiment de cet homme jusqu'à l'hallali.

APOLLON

Et moi j'assisterai celui qui a recours à moi, et je le sauverai. C'est chose redoutable, pour les dieux comme pour les hommes, que la rancune d'un suppliant qu'on a délibérément trahi.

Le Chœur se retire. Apollon rentre dans son temple.

Le lieu de la scène a changé. La suite se passe à Athènes ; le temple n'est plus celui d'Apollon à Delphes, mais celui d'Athéna sur l'Acropole. Une statue de la déesse est érigée sur le parvis. Oreste entre et vient se jeter à ses pieds.

ORESTE

Souveraine Athéna, Loxias m'a prescrit de me présenter à toi. Que ton accueil soit bienveillant pour un réprouvé !... Non, les mains que je tends vers toi ne sont pas restées souillées – éraillé, écorché comme je le suis par les murs d'autrui et par les chemins d'ici-bas... Sur terre, sur mer, c'était tout un : je passais, tenant vivant en moi ce que m'a dicté l'oracle de Phébus... Et me voici devant ta demeure, devant ta statue... J'y prends poste, et j'y reste : j'attends d'avoir enfin cause jugée.

Entre le Chœur.

LE CORYPHÉE

À la bonne heure ! Notre homme a laissé par ici une marque évidente : dénonciation muette, dont il n'y a qu'à suivre le témoignage. Nous sommes comme une meute qui cherche un chevreuil blessé en humant le sang qu'il perd goutte à goutte… Ah ! j'ai tant peiné pour venir à bout de cet homme… Je suis haletante, éreintée : pas un point de la terre où nous n'ayons fait transhumance ; nous l'avons traqué par-delà les flots en les survolant, sans ailes, et sans nous laisser distancer par aucun navire… À présent, il est en ces lieux, oui, tapi quelque part : il y a ici une odeur de sang humain qui me dilate les narines !

LE CHŒUR

— Quête ! quête encore et fouille partout !
Que le parricide ne s'esquive pas en fuite furtive
sans payer sa dette !
(Apercevant Oreste)
— C'est lui !... Mais ici encore
il a trouvé du secours :
il s'est noué à l'idole
d'une déesse immortelle,
et veut un procès en forme
pour répondre de ses actes.

— C'est irrecevable.
Le sang de sa mère a giclé au sol :
prétend-on le faire
rentrer dans son corps ? Pas si simple, haha !
Il a ruisselé, la terre l'a bu,
et c'est sans retour !

— J'ai droit de tirer de toi, tout vivant,
l'offrande vermeille

que je sucerai du fond de tes moelles !
À moi de trouver sur toi victuaille
et de m'abreuver du breuvage atroce !

— Oui, vidé vivant de toute ta sève
je t'emporterai au fond des Ténèbres
pour y expier en juste retour
le hideux forfait de ton parricide !

— Et tu y verras la foule
de tous les autres coupables
traîtres à la piété
due à un dieu, à un hôte
ou à leurs propres parents[1] *!*
Ils y subissent chacun
le juste sort qu'ils méritent.

Car Il se fait rendre
de terribles comptes,
le Prince des morts, là-bas sous la terre,
et dans son grand Livre
son œil vigilant ne laisse rien perdre !

ORESTE *(embrassant passionnément la statue sans regarder ses tortionnaires)*

Les leçons du malheur m'ont enseigné bien des voies de purification, je sais les cas où l'on a le droit de parler ou le devoir de se taire. Or, dans cette

1. Ce sont les trois grandes lois de la morale grecque : devoirs religieux, devoirs filiaux et familiaux, devoirs d'hospitalité envers les amis et les étrangers.

occurrence une Voix de haute sagesse m'a donné pour instruction de me faire entendre. Le sang que j'ai sur les mains s'exténue et se fane, la souillure de mon parricide est épongée : encore toute fraîche, elle a été dissipée, purifiée par la mise à mort d'un pourceau sur l'autel du dieu Phébus. La liste serait longue à récapituler tous ceux que j'ai approchés sans qu'ils eussent à pâtir d'avoir frayé avec moi ! Le temps, en vieillissant, balaie[1] toutes choses, et mes lèvres maintenant sont pures, et ne blasphèment pas en appelant la Souveraine Dame de ce pays, Athéna, à venir me porter secours. Elle fera ainsi, sans tirer l'épée, la conquête de ma personne, de mon pays, de mon peuple d'Argos qui Lui donnera pour jamais la fidélité et la droiture de son alliance[2]. Ah ! où qu'elle soit – aux parages de la Libye, près du Triton, son fleuve natal, arpentant ces lieux, masquée ou à la vue de tous pour secourir les siens, ou bien que, tel un hardi capitaine, elle inspecte les champs phlégréens[3] – ah ! qu'elle vienne (une oreille de dieu sait entendre de loin) pour me délivrer de cette meute !

1. Le mot grec implique une sorte de jeu de mots entre « détruit » et « purifie ». **2.** Environ trois ans avant la représentation de *L'Orestie*, Athènes et Argos ont conclu une alliance (cf. encore les vers 669-673 et 762-774). **3.** Athéna était appelée Tritogénie parce que, disait-on, elle était née en Libye près du lac Tritônis. C'est dans la plaine de Phlégra, en Chalcidique, que s'était déroulé le combat des dieux contre les Géants, appelé Gigantomachie.

LE CORYPHÉE

Non certes, ni Apollon ni la force d'Athéna ne te sauveront de finir comme une épave à la dérive, sans que ton cœur sache où garder un recoin pour la joie, vidé de tout ton sang – ce nectar dont nous nous gorgerons : un spectre ! Tu ne réponds même pas ? Tu craches sur ce qu'on te dit, toi qui n'es qu'une bête d'embouche marquée pour être immolée ? Que dis-je ? C'est tout vif, sans même être égorgé sur un autel, que tu me fourniras ripaille ! Écoute le cantique dont nous enveloppons nos forçats. Ha ! oui bien, dansons la chaîne ! Car tel est notre plaisir : qu'éclate le chant d'effroi ! Disons comment notre bande parque en leurs destins les hommes. Nous estimons que c'est nous qui faisons droite justice : ceux qui tendent des mains pures devant nous sont à l'abri des assauts de notre rage, sans en subir aucun dam en traversant l'existence. Mais ceux qui, chargés de crimes comme l'homme que voici, cachent des mains sanguinaires, nous témoignons sans fléchir contre eux, et nous nous dressons sur leur route en requérant jusqu'à la dernière goutte le sang qu'ils doivent aux morts !

LE CHŒUR

[Strophe I]

Mère, ô Nuit, ma mère[1]*, écoute tes filles !*
Tu nous mis au monde
pour faire expier

1. Les Érinyes sont assimilées aux Kères, filles de Nuit dans la *Théogonie* d'Hésiode (v. 217-222).

ceux dont l'œil est clos et ceux qui y voient[1] *...*
L'Enfant de Latone
veut me faire affront en m'ôtant des griffes
ce lièvre clapi
sur qui de plein droit j'ai à percevoir
ce qui saura laver le meurtre d'une mère.

Il est déjà victime :
autour de lui ce refrain
affolant et forcenant
et frénésiant... bourdon
envoûtant dont les Furies
savent hanter leurs forçats !...
Nos doigts ignorent la lyre
et nos voix glacent les veines !

[Antistrophe I]

Le rôle pour moi qu'a filé la Parque
est irrévocable
et j'y suis rivée :
c'est de m'attacher à ceux des mortels
dont par un vertige
le pied a glissé dans le sang des leurs,
jusqu'à leur descente au fond des Enfers !
Et même la mort
ne sera pas pour lui vraiment libératrice.

Il est déjà victime :
autour de lui ce refrain
affolant et forcenant
et frénésiant... bourdon

---

1. C'est-à-dire les morts, par les tourments de l'Enfer, et les vivants, par les remords et les supplices. Cf. v. 388.

envoûtant dont les Furies
savent hanter leurs forçats !...
Nos doigts ignorent la lyre
et nos voix glacent les veines !

[Strophe II]

Sitôt nées, c'est ce rôle-là
qui nous fut dévolu, et les Olympiens
n'ont pas à y porter la main.
Aucun d'eux ne partage avec nous nos festins,
mais aux vêtements blancs nous n'avons droit ni [part...
[...]

Car nous nous sommes donné
la vocation d'abattre
toute maison où l'on voit
l'Esprit de haine[1] intestine
mettre à mort un parent proche.
Nous fonçons sur le coupable,
ha ! et si puissant qu'il soit
nous l'étouffons sous la taie
du sang frais qu'il a versé !

[Antistrophe II]

Nous voici, nous, pleines de zèle
pour exempter qui l'on voudra de ce souci,
et les dieux en sont dégrevés
par nos soins, sans avoir de procès à instruire.
Cette engeance exécrable, éclaboussée de sang,
Zeus ne lui daigne pas ouvrir son audience.

[Oui, nous nous sommes donné
la vocation d'abattre

1. Littéralement : « Arès ».

toute maison où l'on voit
l'Esprit de haine intestine
mettre à mort un parent proche.
Nous fonçons sur le coupable
ha ! et si puissant qu'il soit
nous l'étouffons sous la taie
du sang frais qu'il a versé !]

[Strophe III]

Si prestigieuses soient-elles
sous le ciel, les gloires humaines
s'effondrent dans la déchéance,
et se dissolvent sous la terre
quand se lèvent nos voiles noirs
et le branle acharné dont nos pas les harcèlent !

Hardi ! Oui-da ! Je bondis
pour retomber de bien haut !
Mes orteils et mes talons
s'abattent de tout leur poids !
Et le plus leste à courir
chancelle sous mon assaut :
ha ! l'angoisse et la géhenne !

[Antistrophe III]

C'est qu'il tombe, l'inconscient,
sous un délire maléfique –
si lourde pèse sur cet homme
l'ombre que fait l'aile du crime !
Une rumeur de deuil immense
clame : Nuit et brouillard aussi sur sa maison !

[Hardi ! Oui-da ! Je bondis
pour retomber de bien haut !
Mes orteils et mes talons

s'abattent de tout leur poids !
Et le plus leste à courir
chancelle sous mon assaut :
ah ! l'angoisse et la géhenne !]

[Strophe IV]

À nous ce soin, nous les Malignes,
les Efficaces, les Tenaces,
inoublieuses de tous crimes,
les Redoutables, inflexibles
devant les prières humaines,
les Poursuiveuses dont le rôle
est honni, est vilipendé :
il nous séquestre loin des dieux –
Soleil, jamais : visqueuse moisissure
où bronche et trébuche le pas
des vivants l'œil ouvert, comme des morts aveugles.

[Antistrophe IV]

Est-il aucun humain qui puisse
là devant n'être point saisi
d'épouvante et de tremblement,
à ouïr rappeler la loi
qu'a promulguée pour moi la Parque,
et qu'ont entérinée les dieux ?
Une antique prérogative
m'est octroyée ; nul n'est en droit
de m'en déchoir, bien que soit souterraine
la place qui m'est assignée
dans la ténèbre où le soleil est ignoré[1].

---

1. Tout ce chant du Chœur est particulièrement violent et heurté ; non seulement dans les cadences, qui marquent les moments successifs d'une danse d'envoûtement et de harcèlement, mais jusque dans la grammaire. Certains refrains ne sont

Paraît Athéna.

ATHÉNA

De bien loin j'ai entendu un appel crié vers moi : j'étais près du Scamandre où je prenais possession du vaste territoire que les capitaines et primats de la Grèce m'ont attribué en préciput sur leurs profits de guerre, franc-alleu à perpétuité pour moi, apanage de choix pour les fils de Thésée[1]. C'est de là-bas que m'a portée ici, d'une traite, mon pas infatigable : point d'ailes, mais les vents en sifflant gonflaient mon égide, ce char où je les avais attelés en fringants coursiers[2]. Mais j'aperçois ici un attroupement insolite. Qu'il m'effraie, certes non, mais sa vue me rend perplexe. Qui êtes-vous bien ? C'est à vous tous que je m'adresse – aussi bien à cet étranger blotti devant mon image qu'à vous autres qui semblez n'appartenir à aucune des espèces dont l'univers est ensemencé : au regard des dieux, vous ne comptez pas parmi les déesses, et vous n'avez pas pour autant figure

---

pas répétés dans les manuscrits, mais peuvent être restitués avec beaucoup de vraisemblance. – L'insistance à marquer, dans les deux dernières strophes, que le domaine des Furies est celui d'où *le Soleil est exclu* vise directement Apollon, dieu solaire, comme usurpateur.

1. Allusion au promontoire de Sigée, à l'entrée de l'Hellespont, territoire longtemps disputé aux Athéniens par les Mytiléniens, et dont Eschyle affirme ici qu'il appartient en effet à Athènes. « Préciput » est un terme juridique désignant le droit par lequel une personne peut prélever une partie d'un bien avant tout partage ; « franc-alleu » se dit d'une terre possédée en toute propriété. **2.** La déesse a tendu devant elle, comme une voile, son égide.

humaine… Mais invectiver contre les gens sans grief précis, c'est s'écarter du Droit, et faire fi de la Justice.

LE CORYPHÉE

Tu sauras tout en quelques mots, fille de Zeus : nous sommes les maupiteuses[1] enfants de la Nuit ; dans les demeures souterraines, on nous nomme les Imprécations.

ATHÉNA

Telle est donc votre race, et le nom dont on vous appelle ? Compris.

LE CORYPHÉE

Quant aux hautes fonctions que j'assume, tu vas les savoir.

ATHÉNA

Volontiers, si l'on peut me les exposer nettement.

LE CORYPHÉE

Les parricides, nous les chassons de leur foyer.

ATHÉNA

Pour le meurtrier, où cette traque prend-elle fin ?

---

1. *Maupiteux* (adjectif tombé en désuétude) : qui est sans pitié.

LE CORYPHÉE

Là où aucune joie ne reçoit ses entrées[1].

ATHÉNA

Et c'est précisément cette traque-là que tu aboies contre cet homme ?

LE CORYPHÉE

Oui : il a jugé bon de se faire l'assassin de sa mère.

ATHÉNA

Cas de force majeure, peut-être ? Ou bien il craignait le ressentiment de quelqu'un[2] ?

LE CORYPHÉE

Qui est-ce qui peut tarauder un homme jusqu'à lui imposer de tuer sa mère ?

ATHÉNA

Vous êtes deux à comparoir, mais je n'entends qu'une des parties.

---

1. C'est-à-dire qu'elles le poursuivent jusqu'à la mort. La « traque » est alors achevée, le malheureux étant installé dans les tourments éternels. **2.** Spontanément Athéna suggère des circonstances atténuantes ou une excuse absolutoire, bien qu'elle ne connaisse pas encore le dossier. Effectivement, c'est pour satisfaire Agamemnon qu'Oreste a tué sa mère.

LE CORYPHÉE

Voudrait-il que nous prêtions serment, et que nous acceptions le sien ? Pas question[1] !

ATHÉNA

La justice, tu tiens plutôt à ses formes, pour te faire applaudir, qu'à l'exercer en fait !

LE CORYPHÉE

Comment cela ? Éclaire-moi : pour les finesses tu n'es pas en peine !

ATHÉNA

Ce que je veux dire, c'est qu'un serment ne doit pas assurer gain de cause à l'injustice.

LE CORYPHÉE

Eh bien, instruis l'affaire, et tranche en droite justice.

---

1. Les Érinyes voudraient empêcher qu'un procès en forme ne soit institué. La cause à leurs yeux est déjà jugée, ou plutôt il n'y a jamais eu à *juger* : le crime entraîne automatiquement le châtiment, c'est-à-dire leur intervention. Pour empêcher un débat contradictoire, elles ont recours à une argutie juridique : les contestants doivent prêter serment, et Oreste, étant « impur », ne peut être admis ni à se lier ni à lier autrui par serment. Athéna dans sa réplique relève la mauvaise foi de l'argument.

ATHÉNA

Vraiment ? Vous vous en remettez à moi pour prononcer l'arrêt ?

LE CORYPHÉE

Pas d'objection. Il est digne qu'à ta dignité nous rendions cet hommage.

ATHÉNA *(à Oreste)*

À ton tour, étranger : Qu'entends-tu opposer à leurs dires ? Fais connaître ton pays, ta famille, tes tribulations, et présente ensuite ta défense sur ce qui t'est reproché. Si c'est en pleine confiance dans la Justice que tu as pris poste aux pieds de mon image sur ce parvis de ma demeure, si tu es un suppliant digne d'égards, comme ce fut le cas d'Ixion[1], réponds-moi sur tous ces points et éclaire-moi comme il faut.

ORESTE

Athéna, ô Souveraine, je retiens d'abord tes derniers mots, pour soulager d'un grand poids ton esprit. Non, mon recours n'est pas celui d'un être impur : c'est les mains nettes que je suis venu assiéger ton image. En veux-tu une forte preuve ? Écoute. Il est admis que celui qui a versé le sang n'a pas la parole tant qu'il n'a pas été purifié par l'aspersion du sang

---

1. Zeus lui-même accueillit Ixion venu à lui en suppliant, et le purifia du meurtre de son beau-père Dioneus ; il sera encore question de la purification d'Ixion au vers 718.

d'une jeune bête immolée et saignée pour lui. Or il y a longtemps que j'ai été relevé de mon excommunication sous le toit d'autrui et sur les routes de la terre et de la mer. Ainsi cette inquiétude-là est écartée. Je te le dis.

Quant à ma naissance, tu sauras tout de suite ce qu'il en est. Je suis d'Argos, et mon père t'est bien connu : Agamemnon, qui arma la grande flotte, et qui t'a aidée à faire pour les Troyens de la ville d'Ilion une ville morte. Il a péri par vilenie à son retour au foyer, victime des noires visées de ma mère : elle l'a tué en l'enveloppant au filet d'un voile chatoyant, qui portait témoignage de ce meurtre d'un homme dans son bain. Et moi, à mon retour après un long temps d'exil, j'ai tué ma mère – je ne le nierai pas : peine de talion pour la mort de mon père bien-aimé. Mais cela, Loxias en partage avec moi la responsabilité : pour m'aiguillonner le cœur, il m'assignait un destin de souffre-douleur si je n'agissais pas comme je l'ai fait contre les coupables. Mon acte est-il justifié, ou non ? À toi de trancher le débat[1]. Mon sort dépend de toi : de quelque façon que tu en disposes, j'accepte.

ATHÉNA

Si l'on est d'avis que l'affaire est trop grave pour relever d'un jugement humain, moi non plus je ne me reconnais pas le droit de prononcer sur ce meurtre

---

1. Visiblement Oreste – comme d'ailleurs les Érinyes au v. 435 – s'attend à voir Athéna se prononcer immédiatement, et de sa seule autorité.

dans le feu de l'indignation[1]. D'autant qu'après tout ta gourme est jetée : te voici venu en suppliant, purifié, sans dam pour ma demeure. Et de même envers ma cité tu es sans reproche, je t'en donne acte… Mais elles, de leur côté, ont des droits difficilement récusables, et si je ne leur accorde pas gain de cause, un jour viendra où le venin de leur dépit, imprégnant le sol de ce pays, sera pour lui une plaie corrosive, intolérable. Telle est donc la situation d'une façon comme de l'autre, que je m'incline ou que je les déboute, c'est épineux, car il m'en coûtera. Mais puisque c'est en ce lieu que l'affaire a été portée, je vais désigner un jury criminel, assermenté, et l'institution que je vais fonder là se perpétuera à jamais. *(Se tournant vers le Chœur, puis vers Oreste.)* Vous autres, faites appel aux témoignages et indices probants, auxiliaires-jurés de bonne justice. Moi je vais trier les meilleurs citoyens de mon fief, et les commettre à trancher cette affaire selon la vérité.

Elle se retire.

LE CHŒUR

[Strophe I]

Voici donc le renversement des règles neuves.
Si c'est le droit – le tort ! – de ce fils parricide
qui triomphe aujourd'hui !
Désormais, pour tous les humains

1. Le tour est volontairement ambigu, l'indignation pouvant viser Clytemnestre comme Oreste. Dans les manuscrits, l'adjectif porte sur le mot « meurtre » : « ce meurtre commis dans le feu de l'indignation ».

un tel précédent ouvrira
toutes commodités à se lâcher la bride !
Combien de parents sont voués
à se voir poignardés par ceux
qui seront bel et bien les enfants de leur chair ?
L'avenir un jour le dira !

[Antistrophe I]

C'est que l'on n'aura plus, à l'affût des humains,
les Furies, déchaînant leur rage sur ces crimes :
à tout meurtre, champ libre !
De l'un à l'autre on s'enquerra
en narrant les malheurs d'autrui :
« Quel terme à ces horreurs ? Quelle
[rémission ?... »
Et les infortunés n'auront
à se recommander entre eux,
bien inutilement, que de pauvres remèdes
sans être en droit de s'y fier.

[Strophe II]

Que personne n'en appelle
quand il deviendra la cible
d'un forfait ! Qu'il n'aille plus
s'écrier : « À moi, Justice !
À moi, Reines Vengeresses ! »
(Ce gémissement peut-être
c'est un père ou une mère
frappés d'un coup inouï
qui auront à le gémir...)
puisque voici s'écrouler
le Temple de la Justice !

[Antistrophe II]

La terreur est excellente
en maintes occasions :

c'est la gardienne des âmes
et il faut qu'en permanence
elle y tienne ses assises.
Les larmes sont salutaires
pour inculquer la sagesse.
S'ils n'ont, racinée au cœur,
nulle crainte, où survivrait
— homme ou cité, c'est égal –
le culte de la Justice ?

[Strophe III]

Oui, dans la vie, n'accordez vos suffrages
à l'anarchie non plus qu'au despotisme :
S'il est vrai que le Ciel prend mainte et mainte route
pour exercer son patronage,
toujours à la voie médiane
il accorde la palme.
Et la maxime que je pose
touche bien juste : En vérité
d'Impiété la fille est Démesure,
et la droite santé des âmes
engendre la Félicité,
objet de tout amour et de tant de prières !

[Antistrophe III]

Je vous le dis : en tout, la loi suprême
c'est le respect de l'autel de Justice.
N'allez pas, fascinés par de vils intérêts,
commettre l'acte sacrilège
de le piétiner du talon
et de le bafouer !
Le châtiment qui vous attend
viendra : à lui le dernier mot !
Honorez donc avant tout vos parents
pieusement ; et que les hôtes

qui se présentent à vos portes
se voient reçus avec égards et déférence !

[Strophe IV]

Celui qui, de soi-même et sans contrainte, est juste
ne sera pas laissé dans le malheur :
il ne sera jamais englouti corps et biens.
Mais le rebelle audacieux,
le forban qui charge en sa cale
en masse, en vrac, par violence
tout un butin d'iniquité,
un jour, je le proclame, amènera sa voile,
dans la détresse où il sera jeté
lorsqu'il aura vu se briser sa vergue !

[Antistrophe IV]

Il appelle, au milieu du tourbillonnement
insoutenable – on ne l'écoute pas !
On rit Là-haut, de voir celui, tout feu tout flamme,
qui se flattait d'un : « Moi ? Jamais ! »
être aujourd'hui paralysé
sous le carcan de la détresse
sans pouvoir étaler la vague !
Le bonheur de toute une vie, il l'a brisé
contre l'écueil de la Justice : il coule –
sur lui point de deuil, de lui plus de trace[1] *!*

Athéna rentre, suivie d'un héraut qui fraie la route à un groupe d'hommes qui viennent prendre place avec gravité sur des sièges. Les Érinyes se

---

1. Tout au long de ce chant les Érinyes ne font que proclamer les maximes qui sont celles d'Eschyle dans toute *L'Orestie.* Athéna les reprendra littéralement (v. 690-700) en sa harangue d'inauguration de l'Aréopage.

groupent d'un côté, Oreste est debout, seul, de l'autre côté, et Athéna au milieu de l'enceinte.

ATHÉNA *(au héraut)*

Crieur, fais le cri ! Maintiens la foule à distance[1]. Et puis, aux oreilles de cette foule, fais éclater vers le ciel les sons perçants du buccin d'Étrurie, la vibrante fanfare dont l'emplit un souffle humain.

(Sonnerie de trompette) À l'instant où nous recrutons les membres de ce Conseil, il est bon que règne le silence, et que ce que j'institue soit bien compris de la cité tout entière pour la perpétuité des temps, et des juges ici présents afin que la cause soit correctement jugée.

À l'instant même où un silence religieux achève de s'établir, Apollon apparaît brusquement.

LE CORYPHÉE

Seigneur Apollon, contente-toi de régner en ton propre fief ! En quoi es-tu intéressé dans cette affaire, dis-moi ?

APOLLON

Je viens comme témoin pour cet homme qui est mon suppliant selon la loi, qui a sa place marquée à mon foyer, et que j'ai purifié du meurtre dont il

1. Par une idée dramatique tout à fait remarquable, c'est le public même de la tragédie qui représente la foule des Athéniens. Il *est* cette foule même, devant qui nous est représentée en 458 l'inauguration légendaire d'une de ses institutions réelles.

s'agit. Et comme codéfendeur, personnellement : s'il a tué sa mère, c'est moi qui en porte la responsabilité. *(À Athéna)* Ouvre le débat, et selon ta haute compétence, fais prévaloir une sentence définitive.

ATHÉNA *(au Chœur)*

À vous la parole. J'ouvre le débat. C'est le plaignant qui parle le premier : qu'il commence par nous instruire exactement des faits.

LE CORYPHÉE

Nous sommes en nombre, mais nous serons brèves. *(À Oreste)* Réponds-moi, terme pour terme, au fur et à mesure. Première question : ta mère, est-ce que tu l'as tuée ?

ORESTE

Je l'ai tuée. Cela, je ne le nie pas.

LE CORYPHÉE

Eh bien, sur les trois manches, en voilà déjà une[1].

ORESTE

C'est de la hâblerie : je ne suis pas encore à terre.

LE CORYPHÉE

Il faut pourtant que tu dises comment tu l'as tuée.

---

1. Dans les assauts de lutte, était proclamé vainqueur celui qui avait terrassé trois fois son adversaire.

ORESTE

Je le dis : j'ai tiré l'épée, et je lui ai coupé la gorge.

LE CORYPHÉE

De qui t'est venue l'idée de le faire ? Qui t'a conseillé ?

ORESTE

Les oracles de Celui qui est ici ; il m'en est témoin.

LE CORYPHÉE

C'est lui, le Prophète, qui t'invitait au parricide ?

ORESTE

Et jusqu'ici je ne lui reproche toujours pas ce qui est arrivé.

LE CORYPHÉE

Mais quand le vote viendra t'accabler, tu parleras autrement, bientôt.

ORESTE

Mon père, du fond de sa tombe, m'envoie son secours. Je compte sur lui.

LE CORYPHÉE

C'est cela ! Compte donc sur les morts, toi qui as tué ta mère !

ORESTE

C'est qu'elle était marquée des stigmates d'une double horreur.

LE CORYPHÉE

Comment cela ? Éclaire le tribunal sur ce point.

ORESTE

Elle avait tué son mari, et tué mon père.

LE CORYPHÉE

En tout cas tu es vivant, toi, tandis qu'elle, son crime nous échappe[1].

ORESTE

Pourquoi ne la poursuivais-tu pas de tes assauts quand elle vivait ?

LE CORYPHÉE

Celui qu'elle avait tué n'était pas de son sang.

ORESTE

Et moi ? Crois-tu que je sois du sang de ma mère ?

---

1. Les Érinyes n'ont plus à poursuivre Clytemnestre puisqu'elle est morte. (Elles préciseront d'ailleurs aussitôt que de toute façon elles n'avaient pas à connaître de son crime.)

LE CORYPHÉE

Ah ! vraiment ? Elle qui t'a nourri dans son ventre, hideux assassin ? Tu désavoues le sang d'une mère, l'objet du plus haut amour ?

ORESTE

À toi maintenant de rendre témoignage, Apollon ! Éclaire ma religion : cette mise à mort a-t-elle été juste ? Je ne nie pas le fait, dans sa matérialité. Mais es-tu d'avis, en conscience, qu'il était justifié, ou non ? Prononce, pour que je le fasse savoir à ceux qui m'écoutent.

APOLLON *(aux juges)*

Devant vous, dont Athéna vient d'instituer le haut tribunal, je réponds : Justifié. Et, oracle que je suis, je ne vais pas mentir ! À mon trône oraculaire, jamais je n'ai, sur le cas d'un homme, ni d'une femme, ni d'une cité, dit un mot qui n'ait été dicté par Zeus, père des Olympiens. Pénétrez-vous bien du poids qu'a cette justification. Je vous invite à vous ranger aux vues de mon Père : il n'est pas de serment qui prévale sur Zeus.

LE CORYPHÉE

Ainsi Zeus, à ce que tu prétends, t'a enjoint de répondre à Oreste ici présent : « Venge le meurtre de ton père ; envers ta mère tu n'as nul égard à respecter » ?

APOLLON

Oui, car il n'y a aucun parallèle à faire avec la mort d'un noble héros, qu'entourait la vénération due au sceptre de droit divin – quand de surcroît c'est une femme qui l'a tué ; et non pas comme une vaillante Amazone, qui sait ajuster de loin sa flèche, mais par les voies que je vais vous rappeler, à toi, Pallas, et à vous tous qui siégez ici pour voter et trancher cette affaire. C'était à son retour de la guerre ; il avait eu le dessus et récolté mille succès ; elle eut de bonnes paroles pour l'accueillir, et l'assista pour le bain chaud qu'il prenait dans sa baignoire d'argent ciselé – et, en guise de dernier soin de toilette, elle a déployé un linge, et, l'entravant, le paralysant dans les plis de ce peignoir brodé, elle l'a frappé ! Vous entendez ? telle fut la mort de ce héros en tous points prestigieux, ce chef de la grande flotte. Ce que fut de son côté cette femme, je l'ai dit, pour allumer l'indignation du Collège qui a pour mission de juger souverainement cette cause.

LE CORYPHÉE

Pour Zeus, ce qui prime tout, à t'en croire, c'est la mort d'un père. Mais lui-même il a chargé de chaînes le vieux Cronos, son père. Il y a contradiction entre ceci et cela : comment l'écartes-tu ? *(Aux juges)* Vous autres, écoutez bien sa réponse, je vous prends à témoin.

APOLLON

Ah ! Vipères exécrables à tous, et que les dieux ont en horreur ! Des fers, voyons, on peut les briser, il y a remède à cela, oui, mille moyens pour s'en dégager ! Mais lorsqu'une fois la poussière a lampé le sang d'un homme, et qu'il est mort, point de résurrection ! Mon père n'a pas créé pour cela d'incantations magiques, lui qui pour tout le reste bouleverse l'ordre du monde sans que jamais s'essouffle l'exercice de sa puissance.

LE CORYPHÉE

Ah ! comme tu justifies l'accusé ! Y penses-tu ? C'est le sang même qui est le sien, celui de sa mère, qu'il a versé sur le sol ! Après quoi, il demeurera en Argos, au palais de son père ? À quels autels publics officiera-t-il ? Quel collège civique[1] l'admettra à répandre l'eau sainte ?

APOLLON

Voici ce que j'ai encore à dire, et saisis bien la justesse de mon propos. Ce n'est pas la mère qui donne la vie à ce qu'on appelle son enfant : elle n'est que la nourrice d'un germe dont elle a reçu la semence. La vie vient du mâle qui l'a saillie. Elle ne

---

1. Littéralement : « Quelle phratrie ? » La phratrie est à Athènes un groupement de familles descendant d'un même ancêtre, sorte de confrérie religieuse ou de clan. Quand un homme n'appartient à aucune phratrie, on peut douter même de sa qualité de citoyen.

fait, elle, comme une étrangère pour le compte d'un étranger, que couver l'embryon, quand le Ciel permet qu'il n'avorte pas[1]. Et je vais te donner une preuve de ce que j'avance : On peut devenir père sans qu'il y ait de mère. Pour en témoigner, il n'y a pas à chercher loin : la fille de Zeus olympien, ici présente, n'a pas été nourrie dans les ténèbres d'un ventre maternel – or quelle fille de déesse lui serait comparable ?

Pour moi, Pallas, d'une façon générale, j'assumerai comme je sais le faire la grandeur de ta cité et de ton peuple ; mais d'ores et déjà, si j'ai guidé cet homme vers le foyer de ta demeure, c'est pour qu'il te soit fidèle jusqu'à la consommation des temps – oui, pour te ménager, déesse, son alliance, celle de ses successeurs, et la chaude fidélité, à jamais perpétuée, de leur postérité !

ATHÉNA *(à Apollon et Oreste)*

Puis-je maintenant inviter les juges à déposer le suffrage que leur dicte en toute justice leur conscience ? Je pense que vous avez tout dit ?

---

1. L'argument est à peu près le même dans le plaidoyer que prononce Oreste lui-même devant le vieux Tyndare, père de Clytemnestre, dans l'*Oreste* d'Euripide : « Mon père m'engendra, ta fille me mit au monde ; elle fut le sillon qui reçut la semence d'autrui ; or sans père, il n'y aurait jamais d'enfant » (*Oreste*, v. 552-554). Aristote (*Génération des animaux*, IV, 1, 763b 30) attribue à Anaxagore et à « d'autres physiologues » une théorie de ce genre.

APOLLON

Oui, nous avons vidé tout notre carquois. Mais je reste pour entendre comment sera tranché le débat.

ATHÉNA *(au Coryphée)*

Et de votre côté ? Comment dois-je régler la procédure pour me rendre inattaquable ?

LE CORYPHÉE

Vous avez entendu ce que vous avez entendu. En portant vos suffrages, étrangers, gardez au cœur le culte de la foi jurée.

ATHÉNA

Écoutez maintenant ce que je fonde ici, ô citoyens d'Athènes, vous, juges, appelés les premiers à trancher une affaire de meurtre. À jamais durera, dans les jours à venir, pour le peuple d'Égée cette assemblée de juges. Sur la butte d'Arès, où plantèrent leur tente, ici, les Amazones quand elles envahirent de leur armée ce sol en haine de Thésée, et qu'elles élevèrent face à sa citadelle une autre citadelle, dressant tours contre tours[1] (et c'est des sacrifices qu'Arès recevait d'elles que le roc a gardé le nom d'Aréopage)[2] – c'est

1. Il y a là un souvenir (masqué) des guerres Médiques, où les Perses avaient fortifié l'Aréopage ; cf. Hérodote VIII, 52. **2.** Selon Pausanias (I, 28), l'Aréopage est ainsi nommé parce que Arès y fut le premier jugé pour meurtre ; le dieu avait tué Halirrhothios, fils de Poséidon, qui avait déshonoré sa fille Alcippè.

là que saint Respect avec Crainte, sa sœur, tiendront les habitants éloignés de méfaire, dans la complicité des nuits comme au grand jour, sauf si les citoyens brouillent leurs lois eux-mêmes[1] : Si l'on souille une eau pure en y faisant couler un vilain flot bourbeux, on n'y trouvera plus de quoi boire, jamais ! Écarter l'anarchie comme le despotisme, c'est l'avis que je donne à vos concitoyens ; que tel soit leur souci, leur culte, et qu'ils se gardent de mettre toute crainte au ban de la cité : qui est juste, ici-bas, s'il ne redoute rien ?

Que ce haut lieu du saint Respect vous pénètre d'un juste effroi, et vous aurez, en sauvegarde du pays et de la cité, un rempart comme n'en possède aucun peuple, ni chez les Scythes, ni sur les terres de Pélops[2]. Incorruptible, scrupuleux, prompt et âpre à sévir, tel est le tribunal que j'institue pour être un Œil toujours ouvert, veillant au chevet du pays !

Telle est la monition que j'ai tenu à développer devant les citoyens en vue de l'avenir. Et à présent, il faut vous lever, prendre un jeton de vote, et trancher le débat en respectant votre foi jurée. J'ai dit.

Les juges se lèvent un à un et vont voter.

On comprend qu'Eschyle ne pouvait retenir cette étymologie puisqu'elle impliquait l'existence du tribunal avant le jugement d'Oreste.

1. Peu avant *L'Orestie*, Éphialte et les démocrates avaient confiné l'Aréopage dans ses attributions de cour de justice criminelle sans rôle politique. On discute pour savoir si Eschyle attaque ici cette réforme, ou s'il l'approuve en demandant qu'on n'aille pas plus loin. **2.** Les Scythes et les Doriens passaient volontiers pour avoir les institutions les plus pures et les plus sages.

LE CORYPHÉE

Voire, mais quand nous hantons un pays, il lui en coûte lourd ! Je vous conseille de ne pas mésestimer cela.

APOLLON

Et moi, je vous invite à révérer mes oracles, qui sont de Zeus, à ne pas les rendre caducs.

LE CORYPHÉE

Il n'est pas de ton ressort de te consacrer à des affaires de meurtre : les oracles que tu dispenses en seront contaminés.

APOLLON

Alors mon Père lui aussi s'est égaré dans ses vues à propos de la supplique que lui fit le premier des meurtriers, Ixion ?

LE CORYPHÉE

Tu le dis. Quant à moi, si je n'obtiens pas qu'on me fasse droit en cette affaire, je reviendrai hanter ce pays, et cela lui coûtera cher !

APOLLON

Les dieux nouveaux, tout comme les anciens, te honnissent. C'est moi qui triompherai.

LE CORYPHÉE

Tu récidives : déjà au palais de Phérès tu as persuadé les Parques de renoncer à leurs ravages sur des vies humaines[1].

APOLLON

N'est-il pas juste de payer d'un bienfait le culte qu'on me rend, surtout quand on m'en fait nommément requête ?

LE CORYPHÉE

Mais toi, tu as ruiné le pacte des attributions de jadis : tu as dupé d'antiques déesses en leur faisant boire du vin.

APOLLON

Mais toi, dans un instant, quand tu seras déboutée à l'issue de ce débat, le venin que tu cracheras sur tes ennemis ne pèsera pas lourd.

LE CORYPHÉE

Tu piétines ma vieillesse, jouvenceau ? Eh bien, j'attends avec intérêt le prononcé du jugement, indécise encore à poursuivre cette cité de ma fureur.

---

1. Hôte du roi de Thessalie Admète, fils de Phérès, Apollon le sauva de la mort en trompant les Moires (appelées ici Parques) ; il obtint qu'une autre victime puisse mourir à la place d'Admète ; Alceste, l'épouse du roi, accepta de se sacrifier pour sauver son mari.

ATHÉNA *(s'approchant à son tour des urnes)*

C'est à moi qu'il revient de voter la dernière. Et je joindrai mon suffrage à ceux qui ont été déposés en faveur d'Oreste. Car je n'ai pas eu de mère pour me donner la vie, et je suis acquise au sexe mâle, de tout mon cœur – sauf pour me marier. Je suis ardemment du côté du père. Cela étant, rien ne me fera choisir d'avoir égard à la mort d'une femme qui a tué son mari, l'homme qui tient le foyer sous sa haute garde. Oreste aura donc gain de cause, même si les votes s'équilibrent[1]. Que ceux d'entre les juges à qui est dévolue cette fonction vident les urnes au plus vite.

ORESTE

Ô Phébus Apollon, quel sera le verdict ?

LE CORYPHÉE

Ô noire Nuit, ma mère, as-tu l'œil sur ceci ?

ORESTE

Est-ce le nœud coulant qui va tout terminer pour moi, ou bien la joie de voir encore le jour ?

LE CORYPHÉE

Nous autres, irons-nous à la malheure, ou bien nous rendra-t-on encore honneur à l'avenir ?

---

1. Telle serait l'origine d'un usage bien attesté dans les tribunaux athéniens à l'époque classique, l'acquittement de l'accusé en cas d'égalité des suffrages.

APOLLON

Comptez bien exactement les votes qui sortent de l'urne, mes amis ; veillez religieusement à ne pas frauder en les triant. Un suffrage en moins peut avoir des suites navrantes, et une seule voix peut redresser de sa ruine une Maison.

Le dépouillement est achevé. Athéna vérifie le décompte.

ATHÉNA

Cet homme est absous du crime de meurtre, au bénéfice de l'égalité des voix.

Apollon disparaît

ORESTE

Ô Pallas, tu as sauvé ma Maison ! J'avais tout perdu, même ma patrie, et tu m'y as rétabli. L'on dira en Grèce : « Le voici réintégré en Argos et dans son patrimoine, par la grâce d'Athéna et de Loxias » – et, avec vous deux, de Celui par qui tout s'accomplit, le Sauveur[1], qui, par égard pour la mort de mon père, me sauve de Celles-ci qui devant sa face ont pris fait et cause pour ma mère. Et moi, à cette contrée, à ce peuple qui est tien, je fais un serment pour tout l'avenir et jusqu'à la plénitude des temps, avant de m'en retourner dans mon foyer : Jamais un dirigeant de mon pays ne viendra ici porter ses armes en grand arroi d'envahisseur ! Car moi-même, du

1. Zeus.

fond de la tombe où je serai alors, je paralyserai, désorganiserai, mettrai en échec ceux qui voudraient violer mon serment d'aujourd'hui ; je découragerai leur marche en la jalonnant de présages sinistres, pour leur faire regretter de s'y être engagés. Mais s'ils font loyalement honneur à mon serment et à leur alliance militaire avec la cité de Pallas, mon bienveillant patronage leur est acquis.

(Saluant successivement Athéna et les juges) Allons, adieu à Toi, et à vous, habitants de la Ville. Fasse le Ciel que les combats que vous livrerez ne laissent pas réchapper vos ennemis, et assurent votre sauvegarde par le triomphe de vos armes !

Il sort.

LE CHŒUR

Ah ! dieux nouveaux ! Vous piétinez les lois
[antiques !
Vous les arrachez de nos mains !
Mais nous, dans la douleur de cette indignité
nous ferons peser lourd en ces lieux notre rage !
Arrouâh ! la peste, la peste,
chez vous nous la décocherons !
Rude sera pour ce pays notre vengeance !
Nos cœurs exsuderont un crachin délétère :
une lèpre en sortira
par laquelle avortera
— ô Justice ! à moi, Justice ! –
jeune pousse et embryon,
ravageant les vies humaines,
infectant le territoire...
Ah ! deuil de nous ! Que faire ? Et tolérerons-nous

d'être narguées par ces bourgeois ?
Quel coup !... C'est trop énorme !
Ah ! pauvres filles de la Nuit,
souffre-douleur de quelle indignité !

ATHÉNA

Croyez-moi : prenez la chose sans de si âpres doléances ! Ce n'est pas une défaite pour vous. La vérité qui ressort du scrutin, c'est le partage égal des voix : votre dignité n'en est pas lésée. On se trouvait en face d'un témoignage éclatant, émané de Zeus, et celui qui le produisait en personne, c'était celui qui, en personne, avait déclaré par oracle qu'Oreste, pour son acte, serait couvert par un non-lieu. Que votre rancune à vous autres n'aille pas frapper ce pays de ses foudres ! Soyez sans colère ! Ne déclenchez pas la stérilité en soufflant sur tous les germes un crachin corrosif pour les sécher sauvagement. Je vous promets, moi, un séjour de plein droit en ce territoire, une retraite digne de vous, un établissement qui sera vôtre, où vous trônerez sur des autels tout luisants des onctions dont les habitants d'ici feront offrande pour vous dignifier.

LE CHŒUR

Ah ! dieux nouveaux ! Vous piétinez les lois [antiques !
Vous les arrachez de nos mains !
Mais nous, dans la douleur de cette indignité
nous ferons peser lourd en ces lieux notre rage !
Arrouâh ! la peste, la peste,
chez vous nous la décocherons !

Rude sera pour ce pays notre vengeance !
Nos cœurs exsuderont un crachin délétère :
une lèpre en sortira
par laquelle avortera
— ô Justice ! à moi, Justice ! –
jeune pousse et embryon,
ravageant les vies humaines
infectant le territoire...
Ah ! deuil de nous ! Que faire ? Et tolérerons-nous
d'être narguées par ces bourgeois ?
Quel coup !... C'est trop énorme !
Ah ! pauvres filles de la Nuit,
souffre-douleur de quelle indignité !

ATHÉNA

Indignité ? Non pas ! N'allez pas, dans un excès d'exaspération – vous êtes déesses, ils sont des hommes – frapper de malédiction leur terre ! Moi, je mets en Zeus mon appui et (faut-il vous le rappeler ?) je suis seule entre les divinités à savoir décadenasser la chambre forte où sa foudre est sous scellés… Mais il n'en est pas besoin ici. Sois docile à ma voix : ne lance pas contre ce pays des paroles hors de tout sang-froid, dont le fruit ne serait qu'une calamité universelle. Apaise la furieuse âpreté de ce noir mascaret. Car tu seras dignement vénérée, et tu partageras ici ma demeure. À toi les prémices de tout ce vaste terroir, offertes pour les enfants qui naîtront, pour les noces qui se célébreront – à toi, perpétuellement !… Va, tu me sauras gré de mon conseil.

LE CHŒUR

En passer par là, moi ? Fi donc !
Moi, en qui vit l'Esprit des anciens âges,
m'installer sur une terre
qui me brave et me honnit ?
Je n'ai souffle que de rage
et de fureur éperdue !
Aïoôh !
Par la Terre et par l'Enfer !...
Quel tourment lancinant dans mes flancs, dans mon sang !
Ô Nuit, ma mère, entends-moi :
par un perfide coup bas
les dieux nous ont confisqué
nos droits immémoriaux,
ils les ont dirimés !

ATHÉNA

Tu auras mon indulgence pour tes emportements : tu es mon aînée… Mais si par là tu en sais plus long que moi, Zeus m'a accordé à moi aussi de ne pas manquer de lumières. Eh bien, si vous vous retirez en terre étrangère, vous regretterez ce pays. Voici ma prédiction : Le temps, tout au long de son cours, mettra toujours plus en honneur les citoyens de cette ville. Accepte un séjour honorable auprès du temple d'Érechthée, et tu recevras de ce peuple, hommes et femmes, en cortèges, plus de dons que tu n'en aurais 867 jamais ici-bas d'aucun autre[1]. À toi de choisir ; voici

1. Les vers 858-866, fort intéressants en eux-mêmes, peuvent être tenus pour interpolés : ils se relient mal à ce qui précède, et très mal à ce qui les suit ; de plus, en les supprimant on

ce que je t'offre : grâces tu répandras, grâces on te rendra, et culte en bonne grâce ; et tu seras chez toi dans ce pays entre tous béni des dieux.

LE CHŒUR

En passer par là, moi ? Fi donc !
Moi, en qui vit l'Esprit des anciens âges,
m'installer sur une terre
qui me brave et me honnit ?
Je n'ai souffle que de rage
et de fureur éperdue !
Aïoôh !
Par la Terre et par l'Enfer !...
Quel tourment lancinant dans mes flancs, dans mon [sang !
Ô Nuit, ma mère, entends-moi :
par un perfide coup bas
les dieux nous ont confisqué
nos droits immémoriaux,
ils les ont dirimés !

---

obtient entre les divers développements d'Athéna cet équilibre de longueur qu'aime la dramaturgie grecque. En voici la traduction : « Mais garde-toi de semer ici, où je suis suzeraine, les dards sanglants qui vont se loger, hélas ! dans les jeunes poitrines et y déchaînent de furieuses ivresses qui ne doivent rien au vin : ne fais pas écumer de hargne, comme à des coqs de combat, le cœur des citoyens, pour ces guerres de clan où l'on s'entre-tue en esprit de mutuelle bravade. La guerre étrangère, soit : elle s'offre volontiers à qui brûle d'un violent appétit de gloire. Mais se battre en oiseaux de la même volière, non pas ! »

ATHÉNA

Eh bien, non, je ne me lasserai pas de te prêcher pour ton bien. Je ne veux pas que tu puisses jamais prétendre que moi, ta cadette, et les habitants de cette cité nous t'avons indignement honnie, toi antique déesse, et chassée de chez nous. Allons, si tu as pour la Persuasion[1] un saint respect qui confère à mes paroles un don de charme et d'apaisement – tu devrais rester ici. Mais si tu ne veux pas rester, tu serais bien injuste d'épancher sur cette ville colère, rancune, ou désastre pour mon peuple, puisqu'il ne tient qu'à toi d'être enracinée de plein droit dans notre sol, et de t'y voir dignement honorée à jamais.

LE CORYPHÉE

Athéna Souveraine, quel séjour me proposes-tu ?

ATHÉNA

Exempt de toute misère navrante : accepte-le.

LE CORYPHÉE

Mettons que j'accepte : quels honneurs m'attendent ?

---

1. *Peithô*, « Persuasion », est l'une des suivantes d'Aphrodite. À la *peithô* funeste qui pousse Agamemnon à accepter de sacrifier son enfant (*Agam.*, v. 385), à la « Persuasion sournoise » qui doit accompagner Oreste dans son action (*Cho.*, v. 726) succède enfin la douce persuasion d'Athéna, qui apaise colères et conflits (voir les v. 969-972).

ATHÉNA

Ceci : pas une maison ne sera florissante, sans toi.

LE CORYPHÉE

Tu feras en sorte, toi, que je détienne de tels pouvoirs ?

ATHÉNA

Oui, nous ferons réussir dans la vie ceux qui te vénéreront.

LE CORYPHÉE

C'est l'engagement que tu vas prendre, pour toute la suite des temps ?

ATHÉNA

Oui. Qu'est-ce qui me forcerait à le prendre, si je ne dois pas le tenir ?

LE CORYPHÉE

Tu m'attires sous le charme, je le sens… Ma rancune abdique…

ATHÉNA

Eh bien, installée ici, tu apprendras ce que c'est que d'être aimée.

LE CORYPHÉE

À tes ordres. Quel appel au Ciel entonnerai-je pour ce pays ?

ATHÉNA

Tout ce qui peut lui assurer des triomphes que rien ne ternisse ! Que toutes les haleines de brise qui se lèvent de la terre, et de l'humidité de la mer, et du ciel, viennent sous un soleil béni visiter cette contrée ! Que débordent les produits du sol et du bétail, pour combler inlassablement mon peuple au long des saisons ! Que soit protégée la fécondité des humains ! Mais fais croître et multiplier de préférence ceux qui sont pieux : je suis comme un jardinier, j'aime que les bonnes plantes n'aient pas à souffrir chez moi des mauvaises herbes. Voilà pour ce qui te revient. Quant à l'éclat des luttes guerrières c'est moi qui ne permettrai pas que ma cité soit sevrée des victoires nationales qui la glorifieront ici-bas.

LE CHŒUR

[Strophe I]

J'accepte ! Oui, je partagerai
le séjour de Pallas
et je ne ferai pas rebuffade à la ville
qu'habite, avec Arès,
la toute-puissance de Zeus :
C'est le poste-vigie des dieux, leur fier trésor,
rempart de leurs autels en Grèce.
Le souhait que je forme
— et j'en livre l'oracle en toute bienveillance –

c'est que de votre sol toutes faveurs du sort,
à foison, pour combler vos vies
fleurissent sous l'éclat d'un soleil radieux !

ATHÉNA

Acte ratifié, dans mon zèle attentif envers ces citoyens : j'intronise en ce lieu des déesses qui sont grandes, mal exorables, auxquelles il revient d'exercer sur les hommes un souverain contrôle. Qui ne s'est mis en règle avec ces Redoutables ne sait d'où les méchefs lui viennent dans la vie : des crimes qui remontent à ses aïeux le traînent devant leur tribunal ; il proteste à grands cris, mais un verdict de mort, muet, le pulvérise sous leurs âpres colères.

LE CHŒUR

[Antistrophe I]

Que jamais un souffle malsain
ne nuise à vos vergers :
C'est mon présent de bienvenue. J'arrêterai
aux confins du pays
les bouffées torrides qui tuent
l'œil des bourgeons. Chez vous ne s'abattront les plaies
dont sont endeuillées les récoltes.
Que le terroir nourrisse
plantureuses brebis qui toutes, à leur terme,
aient des agneaux bessons ! Que d'opulentes mines,
aubaine de votre sous-sol,
fassent toujours honneur aux largesses des dieux[1] *!*

---

1. Allusion aux filons récemment découverts en Attique : les exploiter, c'est déjà remercier les dieux de les avoir offerts, et « ce

ATHÉNA

Entendez-vous cela, vigies de la cité, ce qu'elle accomplira ? Elle a si grand pouvoir, l'Érinys vénérable, auprès des Immortels et des forces d'En-bas ! Et ce sont elles qui, réglant le sort des hommes, assignent, sans ombrage et sans appel, aux uns les chansons d'allégresse, aux autres une vie tout embuée de larmes.

LE CHŒUR

[Strophe II]

Je bannis de ce sol les désastres qui fauchent
avant le temps les jeunes hommes.
Et à ses ravissantes filles
accordez le bonheur d'un mari, d'un foyer,
Vous dont la haute main règle les vies humaines,
Vous, Destinées, nos sœurs, filles de notre mère,
dispensatrices d'équité,
déesses qui recevez place
en tout logis pour y faire peser
à tout instant votre juste présence,
et qui partout, de toutes déités,
recevez les plus beaux hommages[1] *!*

---

serait un péché » de les négliger. On peut comprendre aussi : « Que les riches produits, aubaines du terroir, permettent de rendre aux dieux, toujours, pour leurs largesses » (en offrant sans lésiner prémices, dîmes et victimes).

1. L'intérêt de cette strophe est de marquer la réconciliation et la fusion entre les vieux « génies » (Érinyes et « Moires », filles de la Nuit) et les jeunes divinités olympiennes.

ATHÉNA

Ce dont vous proposez, dans votre bienveillance, de combler la cité m'illumine de joie. Je bénis de tout cœur la Persuasion : son regard inspirait mes lèvres et ma langue lorsque je me heurtais à ces refus sauvages. Vainqueur est Zeus, patron des causes bien plaidées. Ce qui triomphe ici, c'est l'émulation entre nous des bienfaits jusqu'à la fin des temps.

LE CHŒUR

[Antistrophe II]

J'adjure aussi le Ciel d'empêcher à jamais
que, maléfique, insatiable,
ne gronde en vos murs la discorde ;
qu'ayant bu le sang noir de vos concitoyens
la poussière, indignée, n'extorque d'autres meurtres
en échange et rançon – calamités civiques !
Assurez-vous tous, entre vous,
échanges de joies, en esprit
d'amical partage ! Et vos haines,
elles aussi, qu'elles soient unanimes !
À mille maux dont souffrent les humains
c'est là ce qui porte remède !

ATHÉNA

Ont-elles autre idée que de trouver chemin à des paroles fastes ? Je vois le rôle de ces effrayantes figures[1] être la source d'un bénéfice immense pour

1. Le mot grec πρόσωπον signifie aussi bien « masque (d'acteur) » et « personnage (d'une pièce) » que « visage ». Il semble que, par la voix d'Athéna, Eschyle souligne une dernière

les citoyens d'ici. Qu'elles soient bienvenues de vous, ces bien-venantes ! Que d'immenses honneurs leur soient rendus, toujours, et le monde verra quelle voie juste et droite sera la vôtre à tous, ville et campagne, ensemble !

LE CHŒUR

[Strophe III]

Salut ! Bonheur à vous
dans une opulence bénie !
Bonheur à vous, peuple de cette ville,
assis aux pieds de la Vierge de Zeus
qui vous aime et que vous aimez,
et puisant d'Elle, au fil du temps, sagesse :
ceux que Pallas abrite sous son aile
ont prestige auprès de son Père !

ATHÉNA *(au Chœur)*

Bonheur à vous aussi ! Mais c'est à moi de marcher la première pour vous montrer où est votre retraite. Les assistants, formant procession, nous guideront de leurs saintes lumières. Avec la caution des pieux sacrifices que vous voyez, allons, enfoncez-vous sous terre ! Reléguant le malheur à l'écart de la ville, faites monter vers elle ce qui la rendra triomphante ! *(Aux assistants)* Et vous, enfants de Cranaos[1], vous, tenants de mon fief, ouvrez route à

---

fois la puissante « présence » scénique, comme nous dirions, du Chœur dont il a fait l'âme de sa tragédie.

1. Roi légendaire d'Athènes, considéré comme le successeur de Cécrops.

Celles que vous adoptez ! En pensant à leur dévouement, puissent mes citoyens leur être dévoués !

LE CHŒUR

[Antistrophe III]

Salut ! Bonheur à vous !
Oui, je tiens à le répéter,
deux fois bonheur à vous dans la cité,
ensemble, tous, les dieux et les humains !
Fixés sur le fief de Pallas,
et nous rendant, à nous vos adoptées, le culte
qui nous est dû, vous ne vous plaindrez pas
de ce que la vie vous réserve !

ATHÉNA

Merci du tour que vous donnez à vos vœux. Je vais vous accompagner, à la clarté éblouissante des torches, vers votre séjour, là en bas sous la terre. Viendront avec moi mes servantes[1], celles qui veillent sur mon image : elles y ont droit. *(Élevant la voix)* Oui, venez ici dehors, fleur délicate et glorieuse de tout le pays de Thésée. *(Un essaim de femmes apparaît, joyeusement empressées.)* Groupez-vous toutes par âge : enfance, maturité, vieillesse – en procession ! Revêtez des surplis de pourpre, et que jaillisse l'embrasement des flammes, afin que la présence en notre pays de ces Bienveillantes ait pour

1. Il s'agit des arrhéphores, jeunes filles de hautes familles désignées pour assurer par roulement le service du temple et des cérémonies d'Athéna Poliade.

suite éclatante, à l'avenir, la haute qualité des hommes qui le peupleront[1].

La procession se forme : en tête les femmes par ordre d'âge croissant, puis les membres de l'Aréopage, puis Athéna et ses suivantes, enfin les Euménides. Des porteurs de torches ouvrent, encadrent et ferment le cortège, qui s'ébranle au milieu d'un grandiose cantique de voix féminines.

LE CORTÈGE

[Strophe I]

Allons, en route, ô grandes déités,
vers les honneurs auxquels vous aspirez,
vous Filles de la Nuit, qui n'aurez point de filles[2] *!*
Suivez ce chaleureux cortège...
— *Que tout le peuple se recueille !* –

[Antistrophe I]

... vers la retraite où vous seront rendus
dessous la terre hommages solennels,
où vos autels seront chargés de sacrifices
en vénération insigne !
— *Que tout le peuple se recueille !*

---

1. Le texte des vers 1021-1031 est très corrompu, peut-être lacunaire. Ce sont très vraisemblablement les Euménides qui revêtent des robes rouges en raison de leur nouveau statut de « métèques » (v. 1011 et 1018 ; les métèques sont les étrangers à qui est accordé le droit de résider à Athènes) ; on sait en effet que les métèques portaient des tuniques rouges dans la procession des Grandes Panathénées. **2.** Les Érinyes sont vierges (cf. v. 69-70) ; devenues les Euménides, elles le resteront : trait commun entre elles et Athéna.

[Strophe II]

À ce pays assurant vos faveurs
et votre droite providence,
venez chez nous, ô Redoutables !
Marchez, dans l'allégresse
du feu qui mord les torches !
Et maintenant, lancez l'alléluia[1] *!*

(Grand cri de jubilation.)

[Antistrophe II]

Paix, pour la joie immense des foyers,
sur les citoyens de Pallas !
C'est aujourd'hui qu'avec la Parque
Celui qui voit tout, Zeus,
s'est réconcilié !
Et maintenant, lancez l'alléluia !

---

1. Le mot grec ὀλολυγή désigne un cri rituel de triomphe ou de joie, propre surtout aux femmes.

DOSSIER

DE CARL SCHMITT À CHRISTIAN MEIER : *LES EUMÉNIDES* D'ESCHYLE ET LE CONCEPT DE « POLITIQUE » (« DAS POLITISCHE »)

Le livre de Christian Meier qui a été traduit en français sous le titre *La Naissance du politique* en 1995 est paru en 1980 à Munich sous le titre *Die Entstehung des Politischen bei den Griechen*[1]. C'est

1. Cette étude reproduit, avec de légères modifications, un article à paraître dans la revue *Philosophie antique*, 11, 2011, version entièrement refondue d'un article à paraître aux éditions Ausonius (Bordeaux) dans les Actes du colloque de l'université de Tours consacré à la problématique de l'ami et de l'ennemi dans l'Antiquité. Je remercie Jocelyne Peigney de m'avoir autorisé à reproduire une partie des analyses présentées à Tours, ainsi que les éditeurs de *Philosophie antique*, André Laks et Michel Narcy, d'avoir gracieusement autorisé la reproduction ici éditée. J'ai bénéficié, après l'exposé de Tours, de remarques précieuses de Hinnerk Bruhns et de J. Harvey Lomax. J'exprime enfin ma profonde reconnaissance au professeur Christian Meier, qui a bien voulu lire la première version de cette étude et y réagir dans une lettre du 7 mai 2010 (Meier, *per litt.* 2010).

à Carl Schmitt que Christian Meier emprunte ce concept *du* politique (« das Politische »), comme il l'explique dès l'introduction, et le chapitre V, intitulé « *Les Euménides* d'Eschyle et l'avènement du politique[1] », est dédié *Carolo Schmitt* τοῦ πολιτικοῦ *investigatori illustri* : « à Carl Schmitt, illustre chercheur du Politique ». Christian Meier a de plus consacré à Carl Schmitt une étude spécifique, qui mentionne à plusieurs reprises des conversations orales et des échanges de lettres entre les deux hommes dans les années 1968-1975[2]. Cette référence explicite, mais complexe, mérite d'être étudiée, car elle est passée quasiment inaperçue lors de la traduction du livre en français, et n'est quasiment pas examinée non plus dans un volume récemment consacré à Christian Meier, où il n'en est fait mention ni dans l'étude sur « l'anthropologie du politique », ni dans celle qui est consacrée aux rapports entre tragédie et politique[3]. Dans la réponse de Christian Meier aux intervenants, Carl Schmitt n'est mentionné qu'en passant, dans une liste d'auteurs qui ont pu l'influencer d'une façon ou d'une autre, et auxquels il exprime sa reconnaissance[4].

---

1. « Aischylos' *Eumeniden* und das Aufkommen des Politischen ». **2.** Meier 1988, 537-566 (voir aussi p. 605-607). **3.** Martin 2008, Seidensticker 2008. Signalons que le rapport de l'étude de Christian Meier à Carl Schmitt n'est pas mentionné non plus dans les interventions présentées récemment aux *Entretiens* de la Fondation Hardt sur Eschyle (2009). Sur les relations entre les deux hommes, cf. *Tageszeitung*, 15.03.2006, référence que je dois à J. Harvey Lomax, traducteur de Meier, H. (1990) en américain. **4.** Bernett, Nippel, Winterling 2008, 303.

Peut-être faut-il rappeler d'abord, de façon schématique[1], deux aspects de la pensée de Carl Schmitt, à partir de *La Notion de politique*, traduit en français en 1972 (d'après la réédition de *Der Begriff des Politischen* de 1963, avec une préface et des corollaires ajoutés au texte de 1932)[2], d'un petit livre intitulé *Les Trois Types de pensée juridique*, publié en 1934 et traduit en français en 1995[3], enfin de ses deux ouvrages intitulés *Théologie politique*, traduits en français en 1988 (le premier, dont la première édition date de 1922, est traduit dans le texte de la réédition de 1934 ; et la première édition du second date de 1970). Ces aspects sont réunis, à mon avis, dans la formule suivante : « L'État, unité essentiellement politique, dispose du *jus belli*, c'est-à-dire de la possibilité effective de désigner l'ennemi, le cas échéant, par une décision qui lui soit propre, et de le combattre[4]. »

1. On pourra compléter cette présentation sommaire en lisant l'étude de Christian Meier citée dans la note précédente, ou encore, notamment, Meier, H. 1990, Lomis 2000. Le professeur Meier me signale la parution du livre de Reinhard Mehring, *Carl Schmitt, Aufstieg und Fall. Eine Biographie*, Beck, München, 2009, dont il a rédigé un compte rendu dans la *Zeitschrift für Ideengeschichte* 4, 2010, Heft 3, 115-121. **2.** L'étude *Der Begriff des Politischen* (pour la version française du titre, on peut préférer à « la notion de politique » la traduction plus précise « le concept du politique », Zarka 2009, 9) est réunie avec une autre étude que l'auteur avait présentée peu auparavant dans l'Espagne franquiste, *Théorie du partisan* dans Schmitt 1972. Je cite aussi l'édition allemande de 1932 (qui est une publication revue d'une étude de 1923). Comme on le verra *infra*, il est possible que la réédition allemande de 1963 ait joué un rôle important à la source même du livre de Christian Meier de 1980. **3.** Schmitt 1995. **4.** Schmitt 1972, 86.

Le premier aspect tient au concept de « décision » et à la théorie du « décisionnisme ». Carl Schmitt emprunte[1] à Thomas Hobbes un adage « dont la reprise incantatoire tout au long de son œuvre fera l'axiome de principe du décisionnisme[2] » : *auctoritas, non veritas, facit legem. Le* politique, c'est avant tout la reconnaissance par une société donnée d'une instance de décision souveraine de nature « dictatoriale », car non soumise à une exigence de contenu éthique ou de véridicité. « C'est, dit-il, la décision qui fonde la norme et l'ordre. La décision souveraine est commencement absolu, et le commencement (y compris au sens d'*archè*) n'est rien d'autre qu'une décision souveraine. Elle jaillit d'un désordre normatif et d'un désordre concret[3]. » Cette capacité à prendre une décision dans un contexte d'urgence pour maintenir un « ordre », fût-il « un ordre qui n'est pas de droit », est, selon Carl Schmitt, ce qui fonde proprement la souveraineté : « Est souverain celui qui décide de la situation exceptionnelle », selon la première phrase de la *Théologie politique* de 1934[4]. Le second aspect

---

1. On a souvent critiqué l'usage que Schmitt fait de Hobbes. Voir par exemple, outre Léo Strauss (voir Meier H. 1990), Tuchscherer 2004 et Yves Charles Zarka 2009, qui montre que pour Hobbes la souveraineté ne se définit ni par la dictature ni par l'exception, et qu'il y a chez lui une « ontologie de l'individuel » absente de la pensée de Carl Schmitt (« Le mythe contre la raison : Carl Schmitt ou la triple trahison de Hobbes », 47-70). **2.** Tuchscherer 2004, 4. **3.** Schmitt 1995, 83, commenté par Tuchscherer 2004, 5, qui analyse les difficultés de cette doctrine chez Hobbes lui-même et les nombreuses « inflexions » que Schmitt lui fait subir. **4.** Schmitt 1988, 15, avec une note importante du traducteur (la phrase allemande est : « Souverän ist,

est lié au premier. La décision politique la plus caractéristique *du* politique, c'est la décision de faire la guerre contre un ennemi. Ainsi « les peuples se regroupent conformément à l'opposition ami-ennemi » et « cette opposition subsiste à l'état de virtualité réelle pour tout peuple qui a une existence politique[1] ». Carl Schmitt précise que, par « ami » et « ennemi », il ne s'agit pas d'entendre une métaphore, ni un sentiment individuel et privé, que les mots ne désignent ni un simple « concurrent » dans la rivalité économique qu'instaure le libéralisme, encore moins un partenaire ou un adversaire dans une discussion. « L'ennemi ne saurait être que l'ennemi public [...] *hostis* et non *inimicus* au sens le plus large ; πολέμιος et non ἐχθρός[2]. » Donc l'ennemi est celui qui est désigné comme tel par la décision souveraine de l'État, et cette désignation est ce qui fonde la communauté politique. Analyse terrible et bien souvent confirmée par les faits. En note, Carl Schmitt, avant de citer le *Lexicon totius Latinitatis* de Forcellini, mentionne le livre V de la *République* de Platon (§ 470) : « Platon souligne fortement l'opposition [...], mais en la mettant en rapport avec cette autre opposition entre πόλεμος (la guerre) et στάσις (émeute, soulèvement, rébellion, guerre civile). Aux yeux de Platon, seule une guerre entre Grecs et

wer über den Ausnahmezustand entscheidet »). Voir aussi p. 22 : « Il subsiste malgré tout un ordre, fût-ce un ordre qui n'est pas de droit. L'existence de l'État garde ici une incontestable supériorité sur la validité de la norme juridique [...]. L'État suspend le droit en vertu d'un droit d'autoconservation, comme on dit. »

1. Schmitt 1972, 69. 2. *Ibid.*

Barbares ("ennemis de nature") est une guerre véritable, alors que les luttes entre les Grecs sont des στάσεις (des querelles intestines). L'idée qui domine ici est qu'un peuple ne peut se faire la guerre à lui-même et qu'une guerre civile n'est jamais qu'autodestruction et ne saurait signifier la naissance d'un État nouveau, voire d'un peuple nouveau. »

Or c'est en grande partie dans cette perspective, mais en la transformant explicitement d'une façon décisive, que Christian Meier lit *Les Euménides*, pièce où, dit-il, « le politique s'est exprimé avec le plus de justesse, alors même qu'il advenait à Athènes[1] ». Rappelons que la pièce d'Eschyle, qui conclut la trilogie de *L'Orestie*, après *Agamemnon* et *Les Choéphores*, met en scène une solution inédite permettant à l'Argien Oreste, fils d'Agamemnon et de Clytemnestre, frère d'Électre, poursuivi par les Érinyes, ces Furies attachées à la vengeance du sang maternel, d'être débarrassé du poids de son crime. Cette solution est juridique : l'acquittement d'Oreste par le jugement, à Athènes, du Conseil de l'Aréopage, qu'institue la déesse Athéna dans la deuxième partie de la pièce pour juger les crimes de sang, et qui prend cette décision devant les spectateurs par un vote à la majorité, à une voix près, celle d'Athéna, après l'intervention d'Apollon pour défendre Oreste. Rappelons aussi que la trilogie fut représentée en 458, quatre ans après une réforme très importante de la démocratie athénienne, dans laquelle Éphialte avait retiré au Conseil de l'Aréopage (formé des

1. Meier 1995, 107.

anciens archontes) tous ses pouvoirs politiques, pour les donner principalement au Conseil des Cinq-Cents (formé de cinquante citoyens par tribu, tirés au sort pour un an)[1].

Carl Schmitt avait voulu redéfinir *le* politique face à sa « neutralisation » libérale sous diverses formes, dans ce qu'on appelle l'entre-deux-guerres, selon une expression qui prend ici un sens terrible ; dans le contexte de l'Allemagne des années 1970-1980, Christian Meier veut à nouveau restaurer, au moyen de l'analyse de l'Athènes archaïque et classique, « le sens du politique », qui tend, regrette-t-il, à se réduire à « une simple fonction de l'économie »[2]. Mais s'il rend hommage au juriste, il précise immédiatement qu'en grec, « le politique » implique au contraire « le dépassement » de la discrimination de l'ami et de l'ennemi[3]. Il lui faut donc en quelque sorte réécrire Carl Schmitt, presque à l'envers, et c'est pourquoi, peut-on penser, la première partie de son livre, qui définit la formation du politique *en Grèce* (*bei den Griechen*, dit le titre allemand, aspect malheureusement supprimé dans le titre français), reprend quasiment le titre de Carl Schmitt et s'intitule « Le concept de politique[4] ». Il y a donc un aspect paradoxal dans cette entreprise, qui, en quelque sorte,

1. « Éphialte […] écarta beaucoup d'Aréopagites […], ensuite, sous l'archontat de Conon, il dépouilla le conseil de tous les pouvoirs supplémentaires grâce auxquels il était le gardien du régime, et remit les uns aux Cinq-Cents, les autres au peuple et aux tribunaux […]. Éphialte périt assassiné peu après » (Aristote, *Constitution d'Athènes*, XXV, trad. M. Sève, Paris, Le Livre de Poche, 2006). **2.** *Ibid.*, 13. **3.** *Ibid.*, 14. **4.** Ou plutôt : « Zum Begriff des Politischen ». L'écart est signifiant,

cherche à démocratiser, mais au sens antique, une analyse conçue largement contre la démocratie libérale bourgeoise de la « clasa discutidora[1] ».

Dès le début du livre, apparaît une première caractéristique de cette réécriture, qui consiste à remplacer la notion d'État, impropre pour le monde antique et même pour une bonne part du monde moderne (et que Carl Schmitt lui-même avait peu à peu récusée pour la remplacer par celle de « peuple », puis de « partisans »[2]), par celle de communauté des citoyens dans la *polis*[3]. Il faut dès lors, selon Christian Meier, distinguer la question de *l'unité* politique et le politique en lui-même, qui suppose seulement « un certain degré d'association et de dissociation », selon une formule de Carl Schmitt que cite Christian Meier[4]. En tant que tel, le politique peut ainsi être disjoint de la discrimination de l'ami et de l'ennemi. C'est ce qui conduit à une belle analyse des réformes de Clisthène en termes d'institutionnalisation de ce que Meier appelle la « présence civique » à Athènes,

---

Meier écrivant « à propos du "concept du politique" » (*scil.* tel qu'il a été défini par Carl Schmitt).

1. Expression de Donoso Cortés qu'affectionne Carl Schmitt (par ex. 1988, 67). **2.** Cf. Trierweiler 2009, 27. **3.** Cf. la première phrase du premier chapitre : « Les Grecs appelaient *politique* ce qui était propre à la *polis* » (25 ; « wenn die Griechen das der Polis Eigene *politisch* nannten, so… », 27). L'emploi du mot remonte principalement à Jacob Burckhardt (cité à la fois par Schmitt et par Meier) : cf. Bauer 2001, 119. L'adjectif πολιτικός est en fait un dérivé de πολίτης, « citoyen », et non pas directement de πόλις (voir Demont *à paraître*). **4.** *Ibid.*, 31 (« einen bestimmten *Intensitätsgrad von Assoziation und Dissoziation* », 36).

selon une expression reprise probablement à Hannah Arendt[1], à laquelle il donne un contenu beaucoup plus concret et historique : ces réformes aboutissent effectivement à rendre chaque citoyen, en association avec les membres de son dème, de sa trittye et de sa tribu, présent, à un moment ou à un autre, au centre de la décision politique. Cet aspect n'est pas ce qui nous occupe aujourd'hui. En revanche, une fois la notion d'État déclarée, avec raison, impropre à l'étude de la Grèce antique, que devient la notion de décision souveraine, quelle est la nature de cette décision politique que je viens de mentionner ? Christian Meier, dans son chapitre sur Clisthène, va jusqu'à écrire que, dans la nouvelle configuration introduite par le réformateur, le « contenu » de la décision était souvent « moins intéressant pour les citoyens que leur participation à la décision[2] ». Les concepts de « décision » et de « situation exceptionnelle », si importants dans la théorie, ou le mythe, schmittiens, ont-ils encore une pertinence ? Si le chapitre qui suit immédiatement, et qui est consacré aux *Euménides*, est dédié à Carl Schmitt, c'est peut-être parce qu'il tente de répondre à cette question. Christian Meier

1. « Der bürgerlichen Gegenwärtigkeit » (p. 91), expression que Meier cite aussi en français dans son texte allemand : ce chapitre a été présenté à Paris dès 1972 et publié une première fois dans la *RIDA*, 20, 1973, p. 115-159. Les analyses de Hannah Arendt réhabilitant la *praxis* contre le « yankisme » présentent de fait des aspects assez comparables (voir une présentation générale dans Demont 2002). C. Meier a correspondu une fois avec Hannah Arendt (« leider nur […] ein einiges Mal », Meier, *per litt.* 2010). **2.** Meier 1995, 95.

y construit en effet, à partir de la pièce d'Eschyle[1], une sorte de modèle démocratique paradoxal du « décisionnisme » schmittien, que je voudrais décrire, avant de montrer comment, néanmoins, la problématique de l'ami et de l'ennemi est aussi introduite parallèlement dans son analyse.

On a souvent observé que l'affrontement des droits d'Oreste et de Clytemnestre, par le biais de l'affrontement d'Apollon et des Érinyes, est un combat où aucun des deux camps n'a une supériorité religieuse, morale ou intellectuelle manifeste. Dès lors, comment trancher un tel débat entre humains, mais aussi, et surtout, entre dieux ? Pour Meier, il ne faut pas trop chercher à savoir dans quel sens Eschyle penche, mais plutôt observer que la pièce pose précisément cette question de la décision. La décision pourrait revenir à Athéna, comme les deux parties le lui demandent expressément, et ce serait alors une image de la décision de type dictatorial, mais la déesse décide de la déléguer au Conseil de l'Aréopage, qu'elle fonde pour l'occasion. Et celui-ci, après avoir entendu les deux parties, décide par un vote. De la même façon, Meier transpose l'analyse de la décision politique de la dictature à la démocratie.

1. Notons un écart entre le titre allemand du sous-chapitre (« *Die Eumeniden* als Zeugnis frühen politischen Denkens », 177) et la traduction française (« comme témoignage d'une pensée politique nouvelle », 125). La traduction perd l'idée que, pour Meier, la pensée politique, prise *au début*, n'obéissait pas à la problématique schmittienne. Le professeur Meier me précise que le travail sur *Les Euménides* a été effectué à partir de 1977 pour deux conférences à Berlin, puis rédigé au début de 1979 à Princeton, avant les chapitres sur la notion de politique.

Meier insiste sur le caractère exceptionnel de la mise en scène de cette « problématique de la décision[1] » ; les Aréopagites votent à tour de rôle devant le public, et il se produit « cette chose inouïe, qui paraît presque absurde[2] » : « la décision [...] se fait avec le minimum de voix, et qui plus est, elle est prise contre la majorité des Aréopagites », puisqu'il faut qu'Athéna vote en faveur d'Oreste pour que les voix soient en nombre égal, égalité dont Athéna a dit auparavant qu'elle profiterait à l'accusé[3]. Meier commente : « Ce qu'entrevoit cette réflexion radicale sur la décision problématique de 462/461, c'est *in nuce* le décisionnisme. La construction audacieuse du vote indique précisément la conscience de devoir séparer *validité* et *vérité dans le processus politique de la décision.* » Les réformes d'Éphialte sont décrites en termes de « décision problématique », et correspondent dans une large mesure à la définition schmittienne de la décision exceptionnelle, et même à son vocabulaire, et elles sont projetées sur la décision de l'Aréopage des *Euménides*, qui leur donne un cadre interprétatif nouveau, toujours schmittien, mais dans la perspective du vote majoritaire après un débat. La mise en scène, tout à fait exceptionnelle dans le théâtre grec antique, et même dans l'histoire générale du théâtre, d'un vote nominal, transforme la décision révolutionnaire en processus régulier : « Elle montre

1. « Die Problematik der Entscheidung », 190. **2.** « Und da findet sich das Unerhörte, geradezu absurd Anmutende », 191. **3.** Cela suppose qu'Athéna mette son suffrage avant le décompte des voix, ce que le texte semble bien impliquer (v. 734-735), en annonçant que l'égalité vaudra acquittement (annonce qui sert d'explication à la pratique athénienne). Cf. le résumé des discussions par Sommerstein 1989, 211-226.

que c'est en fin de compte toujours la majorité qui décide et ce, quelle que soit la validité des raisons qui motivent la décision de chacun ; elle affirme enfin que cette décision est un lien, sans pour autant être issue d'*arguments convaincants*[1]. » Autrement dit, l'avènement du politique schmittien est observable à Athènes, en cette année 458 avant notre ère, dans une pièce de théâtre, donc dans une construction littéraire et artistique consciente : il s'agit bien du concept du politique. Mais ce concept du politique repose sur la persuasion, des citoyens et des Érinyes. « Comme le dit Athéna, la victoire de la *Peithô* est la victoire de Zeus en tant qu'il est le protecteur divin de l'Agora[2]. [...] La persuasion représentait la solution pacifique, politique, et pour cette raison il fallait toujours la préférer à l'opposition violente. Cela présupposait que l'on conçoive le citoyen dans son entière présence. Il s'agit là justement de l'un des traits du politique chez les Grecs[3]. » Donc, *le* politique, mais le politique *grec*, qui, après tout, ne semble pas sans

---

1. Meier 1995, 135-136 (« Es ist *in nuce* die Einsicht des Dezisionismus. Gerade die kühne Konstruktion des Abstimmung weist auf das Bewußtsein, daß *Geltung und Wahrheit im politischen Entscheidungproceß* zu trennen sind ; daß, wie begründet auch immer der Einzelne zu seinem Votum kommt, am Ende die Mehrheit entscheidet ; daß diese Entscheidung verbindlich ist, ohne deswegen *zwingenden Argumenten* zu entspringen », 194). On pourra comparer : « Considérée d'un point de vue normatif, la décision est née d'un néant. La force juridique de la décision est autre chose que le résultat des arguments qui la fondent » (Schmitt 1988, 42). **2.** Cf. v. 974. **3.** Meier 1995, 138 (« Voraussetzung war, daß man die Bürger in ihrer Gegenwärtigkeit für voll nahm. Eben das gehört zum Politischen der Griechen », 196).

rapport avec les procédures de la « clasa discutidora » vitupérée par Carl Schmitt.

Néanmoins, Christian Meier fait aussi la place à l'autre aspect du politique schmittien, la différenciation de l'ami et de l'ennemi, dont il a dit dès le début de son ouvrage qu'elle n'était que la « forme extrême, qui n'est pas nécessairement la plus politique », du concept de politique[1], car il l'observe aussi, de façon éclatante, dans *Les Euménides*.

En bon historien, et à la différence de trop de philologues, il décrit le contexte immédiat de *L'Orestie*, les réformes, puis l'assassinat d'Éphialte, après la « destitution de l'Aréopage ». Ce contexte historique est celui de la constitution de la puissance athénienne contre Sparte et de la puissance du peuple contre les nobles. Meier est ici un politologue disciple fidèle de Schmitt, notamment lorsqu'il insiste sur le sens uniquement politique à donner à cette relation d'hostilité : « L'ennemi était seulement l'autre, celui qui menaçait l'existence de quiconque, il n'était absolument pas idéologiquement disqualifié[2]. » Dans une longue note, Christian Meier insiste sur « la représentation grecque des guerres », qu'il construit à partir d'Homère et d'Hérodote : « Elle traite les ennemis sans hostilité particulière et les considère comme fondamentalement égaux (y compris les femmes, les Amazones). » On peut voir dans cette généralisation, et cette idéalisation[3], une première trace de la

---

1. Meier 1995, 31. **2.** *Ibid.*, 111, avec la n. 20 de p. 377 (= n. 26 de p. 152). **3.** Le professeur Meier conteste cette appréciation, en précisant que son analyse a pour origine la comparaison répétée des représentations de l'ennemi sur les sculptures

conception qu'a Schmitt du rôle de l'affrontement ami/ennemi dans la constitution des peuples.

Quand il passe de la reconstitution du contexte historique à l'analyse de la pièce d'Eschyle, Christian Meier n'étudie pas le vocabulaire de l'ami et de l'ennemi dans *Les Euménides* en général, mais se focalise sur un emploi remarquable de la fin de la pièce. Les emplois précédents pourraient pourtant appuyer son analyse du peu de validité éthique ou rationnelle de la décision finale, et ils installent de fait une relation ami/ennemi au cœur de la pièce. En effet, le vocabulaire de la *philia* est utilisé régulièrement par Clytemnestre et par les Érinyes pour désigner la relation mère/fils (v. 100, 271, 356, 608, et peut-être 119[1]), Oreste l'emploie pour la relation père/fils (v. 608), tandis qu'Apollon l'utilise, lui, pour la relation conjugale (v. 216). Ces emplois, tous justifiés, conduiraient à une condamnation générale des crimes commis, non à l'acquittement d'Oreste. D'autre part, Apollon est le seul à utiliser le vocabulaire de l'*echthra* : il le fait à propos des Érinyes considérées comme les « ennemies » d'Oreste (v. 66 et 730). Le v. 730, en particulier, appartient au dernier des dix couples de vers qui accompagnent le vote des Aréopagites, au moment décisif où vont intervenir

du British Museum, de même taille sur les métopes de Bassae, d'une taille beaucoup plus petite sur les œuvres orientales (Meier, *per litt.* 2010).

1. Si l'on accepte avec Paul Mazon la correction de Schütz ἐμοί (au lieu de ἐμοῖς), ce qui n'est pas très facile à comprendre cependant (« 119 has never been satisfactorily interpreted or emended », note Sommerstein *ad loc.*).

les deux derniers votes. Mais Meier ne s'intéresse qu'à un autre emploi, ultérieur, celui du v. 988, qui est de fait assez exceptionnel, dans le chant final des Euménides qui appelle les Athéniens à repousser la *stasis* (le mot est employé), et que voici : χάρματα δ' ἀντιδιδοῖεν/κοινοφιλεῖ διανοίᾳ,/καὶ στυγεῖν μιᾷ φρενί·/πολλῶν γὰρ τόδ' ἐν βροτοῖς ἄκος, « Qu'on échange des joies dans un esprit commun d'amour et qu'on haïsse d'un seul cœur ; voilà chez les humains le remède à bien des maux[1] » (v. 984-987 ; traduction personnelle).

Il introduit ce passage en rappelant les paroles antérieures d'Athéna aux Érinyes, aux vers 858-866, qui forment un ensemble souvent jugé interpolé depuis Dindorf, car il rompt l'équilibre des répliques, mais qui correspond exactement au contexte historique de la pièce, et dont on ne voit pas comment expliquer l'interpolation si Eschyle n'en est pas l'auteur[2]. Athéna leur ordonne de ne pas instiller dans les entrailles et le cœur des Athéniens « Arès

1. *Ibid.*, 146-147, avec 389, n. 169. Dans la version française du livre de Meier : « Qu'on échange des joies dans un commun amour et qu'on se haïsse d'une seule âme : c'est un grand remède chez les humains », il faut corriger « qu'on se haïsse » en « qu'on haïsse », mais le texte allemand est un peu différent (Meier 1980, 208). Meier y juxtapose deux interprétations possibles de l'adjectif *koinophilès*, qu'il développe p. 211 de l'édition allemande, p. 148 de l'édition française : « C'est la *koinophilès dianoia* dans sa double signification d'amour du tout (du *koinon*) et d'amitié commune à tous », en renvoyant pour la première à Droysen.
2. Il a pu être ajouté par Eschyle lui-même à un stade quelconque de la publication de la pièce : cf. Sommerstein (suivant K. J. Dover), 251-252.

[c'est-à-dire le désir de meurtre] pour le mettre au sein de leur peuple et les lancer avec fougue les uns contre les autres ». Non, dit-elle, θυραῖος ἔστω πόλεμος, οὐ μόλις παρών,/ἐν ᾧ τις ἔσται δεινὸς εὐκλείας ἔρως·/ἐνοικίου δ' ὄρνιθος οὐ λέγω μάχην, « que la guerre soit à l'extérieur, et elle est là aisément[1], pour celui en qui se trouve un formidable désir de la gloire, mais je rejette le combat avec un oiseau de la même maison ![2] »

C'est seulement ici, au v. 864, qu'intervient dans la pièce le mot πόλεμος. Il s'agit d'un appel à la guerre extérieure, une guerre présentée quasiment comme fraîche et joyeuse, « an astonishing phrase, implying a frank, unashamed, almost cheerful militarism », commente A. Sommerstein[3]. Il est bien compréhensible de commenter le chant ultérieur des Euménides, qui peut avoir les mêmes connotations bellicistes, en relation avec ce passage. Mais le commentaire, tout en s'appliquant assez bien au texte grec[4], paraît alors directement inspiré des analyses de Carl Schmitt, tout en y ajoutant les innovations

---

1. Sommerstein 1989, 30, va un peu trop loin quand il propose la traduction : « May you have external war, *and plenty of it.* » **2.** Traduction personnelle. **3.** *Ad loc.* ; et il oppose, peut-être avec trop d'optimisme, « the normal Greek attitude », exprimée dans un adage fameux d'Hérodote (VIII, 3.1). **4.** « There is probably an allusion to the principle τοὺς αὐτοὺς φίλους καὶ ἐχθροὺς νομίζειν which was often a requirement in treaties of alliance between states (e.g. *IG* I[3] 89.28) and *a fortiori* was vital for civic peace within a state », commente fort bien Sommerstein. Si Carl Schmitt a connu cette expression grecque (« avait mêmes amis et ennemis »), il a pu l'utiliser à l'appui de ses théories.

propres à l'auteur : « Amitié (*philia*) vers l'intérieur, unanime hostilité vers l'extérieur. [...]. L'inimitié ne doit plus se porter vers l'intérieur, mais résolument vers le dehors : c'est, en rapport avec la *polis*, un genre nouveau de distinction ami/ennemi qui doit se faire, une réarticulation de la constellation ami/ennemi. C'est ainsi que la *polis* doit trouver son unité[1]. » Avec la double interprétation de l'hapax κοινοφιλής, l'amitié, « pour la première fois », en tant qu'élan commun de haine et d'amitié, et élan vers la totalité, devient politique.

Faisons une brève parenthèse. Meier ajoute une note où il cite Platon : « Par la suite, Platon fera, dans les grandes lignes, une distinction analogue entre ami et ennemi », puis discute les sens de *echthros* et de *polemios*. Il semble bien qu'il parte ici de la note de Carl Schmitt dans *La Notion de politique* que j'ai citée au début de mon analyse[2]. Mais Meier ajoute un correctif important, en citant des exemples qui contredisent et ce passage de Platon et Carl Schmitt (notamment *Agamemnon*, v. 608, et plusieurs passages de Platon lui-même), en renvoyant à

1. *Ibid.*, 147. 2. Cela apparaît plus encore si l'on tient compte d'une phrase omise dans la traduction française : « Platon hat nachher im Großen eine analoge Freund-Feind-Scheidung getroffen. [...] Platon unterscheidet entsprechend zwischen *polemos* gegen die Barbaren und *stasis* (Zwietracht, Bürgerkrieg unter den Griechen) s. *Politeia* 469 f. Vgl. *Menexenos* 245c » (« Platon a ensuite découvert une distinction ami/ennemi assez analogue. [...] D'une façon similaire, Platon distingue entre *polemos* contre les Barbares et *stasis* ["guerre civile"] ; voir *République*, 469f, cf. *Ménéxène*, 245c » (Meier 1980, 208).

une étude grecque de Ion X. Contiades de 1969 et en annonçant un travail en cours de Peter Spahn[1]. Il en conclut : « Le rapport entre les deux termes est difficile à éclaircir. Les champs de signification se recouvrent [...]. *Polemios* a son centre de gravité dans l'antagonisme immédiat, caractéristique de la guerre, alors que *echthros* est plus général. Il est le seul à servir à la construction d'un concept de l'inimitié (*echthra*). » Autrement dit, et cela est tout à fait exact, le vocabulaire grec ne connaît pas la distinction tranchée que veut y voir Carl Schmitt.

Cela dit, Christian Meier peut tout de même lire la fin des *Euménides* dans l'esprit de Carl Schmitt. Il le peut d'autant mieux qu'il introduit ici, en tant qu'historien, une inimitié véritable, contre Sparte, que peuvent évoquer les allusions à la guerre en général (v. 776-777, 913-915, 1009) et l'alliance athénienne avec Argos, qu'évoque incontestablement l'accueil d'Oreste l'Argien à Athènes, et qui est mentionnée plus ou moins allusivement trois fois dans la pièce (v. 289-291, 669-673, 762-764). Ainsi, le décisionnisme démocratique est tout de même lié à la construction d'Athènes comme communauté politique dans le cadre de la discrimination entre l'ami et l'ennemi. La reconstruction historique et la fidélité aux analyses de Carl Schmitt vont de pair : « Le clivage ami/ennemi est encore à cette époque une catégorie vivace dans la pensée des nobles, et c'est de là qu'Eschyle est parti[2]. » Ce clivage s'est ajouté à un clivage, dans les mêmes termes, entre les

1. A-t-il été mené à terme ? Il ne semble pas. 2. Meier 1980, 147.

nobles et le peuple, dont Christian Meier estime qu'il est transposé dans le conflit de *L'Orestie*. Mais apparaît une nouvelle solidarité, « qui présupposait une hostilité unanime contre l'extérieur », d'abord au sein de la Confédération de Délos, puis, au moment des *Euménides*, dans l'alliance avec Argos[1], et qui est associée dans *Les Euménides* à l'avènement *du* politique *grec* : « Conflit et décision, intérieur et extérieur, ami et ennemi, mais aussi et surtout réconciliation et compromis[2]. » Voici donc, dans une extraordinaire alliance des contraires, la pratique régulière du « compromis » unie à la décision exceptionnelle dans la naissance du politique en Grèce[3].

Un autre aspect de l'imprégnation schmittienne, mais surtout de la distance prise par rapport à Schmitt, tient à l'analyse que fait Meier du rôle des dieux dans *Les Euménides*. Il se réfère explicitement à l'ouvrage de Carl Schmitt publié sous le titre *Politische Theologie* en 1922 et republié, avec une seconde étude très différente, en 1970, quand il donne comme titre du dernier sous-chapitre de son étude de la pièce d'Eschyle : « “Politique

1. *Ibid.*, 148. 2. *Ibid.*, 154 3. On comparera les observations sur le libéralisme que Schmitt emprunte à Donoso Cortés : « Son essence est la négociation, les demi-mesures conservatoires, avec l'espoir que la confrontation définitive, le combat sanglant qui fera la décision, puisse se muer en débats parlementaires et être éternellement remis grâce à une éternelle discussion. La dictature est le contraire de la discussion. » Et il rapproche cela du « système d'un Condorcet, par exemple », où « la société humaine se métamorphose en un immense club » et où, « de la sorte, la vérité se fait de soi grâce au scrutin » (Schmitt 1988, 71).

théologique". *Les Euménides* d'Eschyle dans la tradition de la pensée politique grecque ». L'expression mise entre guillemets inverse le titre de Carl Schmitt : *Les Euménides* proposent selon lui non pas une théologie politique, mais une politique théologique, « un pendant intéressant à la théologie politique de l'époque moderne et contemporaine[1] ».

Une perspective de Carl Schmitt, qui est développée à la fin de la seconde étude de *Politische Theologie*, aurait pu être alléguée, mais ne l'est pas. Schmitt voit dans un passage de Grégoire de Naziance sur la doctrine trinitaire, qui décrit la *stasis* de l'Un contre lui-même[2], une véritable « stasiologie théologico-politique », capable de fonder une sorte de « récidive gnostique » (expression reprise à Hans Blumenberg, *Die Legitimität der Neuzeit*, Francfort, 1966, son adversaire principal dans cette étude). Le *nemo contra deum nisi deus ipse* que Goethe a mis en tête du quatrième livre de *Dichtung und Wahrheit* y est rattaché à l'idée qu'« à toute unité sont immanentes une dualité et par conséquent une possibilité de révolte, une *stasis* ». Pour Schmitt, « l'homme nouveau » (celui de Hans Blumenberg) est aussi entièrement déthéologisé que dépolitisé, il est « *tabula rasa* », et n'existe même plus en tant qu'homme, si bien qu'il termine son livre en

1. Meier 1995, 157, avec une note qui récuse explicitement, dans le cas de la Grèce antique, la fondation du politique sur des concepts théologiques sécularisés. **2.** *De filio* (*Or.* 29), 2, 7. Schmitt 1988, 173-175 (avec une longue note sur le sens du mot *stasis*, qui contient une étrange remarque sur la *pax americana* de l'après-guerre).

parodiant de façon sarcastique la sentence de Goethe. Carl Schmitt estime que l'origine de cette sentence se trouve dans les fragments dramatiques de Jakob Michael Lenz sur Catherine de Sienne[1]. Denis Trierweiler observe que le *deus contra deum* de ces fragments est un emprunt aux *Choéphores* d'Eschyle[2], et, de fait, le conflit interne au monde divin, dans *L'Orestie*, entre les dieux anciens que sont les Érinyes et les divinités nouvelles que sont Apollon et Athéna, est un élément fondamental de l'intrigue. Mais il n'est pas analysable dans une perspective gnostique, et c'est pourquoi Christian Meier l'étudie, non pas dans le cadre de la théologie, mais dans celui du passage violent de l'ancien droit au « nouveau droit » par une décision exceptionnelle.

Christian Meier, lui, place donc le politique à l'origine, sous la protection, « pour la dernière fois[3] », des dieux, avec la garantie du « milieu » et de « l'ordre juste » qui sont exigés aussi bien par Zeus et Athéna que par les Érinyes. Les dieux, « dans le monde et pas hors de lui, étaient soumis à une légalité plus générale[4] ». Dans le monde d'Eschyle, la politique est conçue comme théologique, et l'ordre politique est garanti par la justice divine. L'autonomie du politique naît de la volonté d'Athéna. À la fin du chapitre, ce n'est plus Carl Schmitt qu'il évoque, mais son objectif reste le même. Selon Walter Benjamin, à la différence

1. Schmitt 1988, 178. **2.** Dans Zarka 2009, 41. **3.** Meier 1995, 165 (« Pour la dernière fois, le *meson* s'inscrivait dans l'horizon de la politique théologique. Plus tard, il sera surtout appréhendé sociologiquement ou au travers de concepts institutionnels mixtes »). **4.** Meier 1995, 159.

du drame baroque, qui prend pour thèmes l'histoire et la question de la souveraineté comme « art de gouverner », la tragédie d'Eschyle, elle, repose sur le mythe héroïque et la succession des généalogies divines. D'un côté, monothéisme, politique et État modernes, de l'autre polythéisme et « politique au sens grec » (expression répétée deux fois).

Christian Meier lui-même s'est situé par rapport à Carl Schmitt, huit ans après la publication de son livre, dans une contribution à un ouvrage collectif sur Carl Schmitt – contribution dont l'existence même atteste l'importance du lien entre les deux hommes. Plus nettement encore que dans son livre, il distingue ce qui lui semble contestable et ce qui lui semble utile dans la notion de politique.

Dans une première partie, il brosse un tableau, qui n'est pas sans ironie, de l'entreprise quasi platonicienne de Schmitt, à la recherche, pour la première fois au monde, d'un « concept » du politique[1]. La définition de ce concept est liée d'une part à la notion d'intensité maximale dans la relation d'association entre les hommes, et d'autre part à son apparition dans les situations critiques, exceptionnelles, et particulièrement dans les guerres civiles ou extérieures. Alors apparaît la différenciation entre l'ami et l'ennemi, la « découverte[2] » que Schmitt impose, note Meier,

1. Meier 1988, 540. La notion de « science politique » est abondamment discutée dans la Grèce classique, comme on le sait (voir quelques réflexions sur ce thème dans Demont *à paraître*).
2. « Er glaubte sie einfach "gefunden" zu haben [...]. Es gab einen Verblüffungseffekt. Keiner hatte sich bis dahin um den

quasiment sans argumentation. Ici, Meier critique en particulier, avec raison, l'absence de toute analyse sémantique historique du mot même de « politique ». Il remarque cependant que ce point est brièvement abordé par Schmitt dans la réédition de 1963[1], et, à ce sujet, il cite une lettre que Carl Schmitt lui a adressée le 29 mai 1968, où il semble vouloir répondre à la critique de Meier, en se référant à une phrase « importante » de Hannah Arendt sur la persistance, en profondeur, de la Polis grecque dans les usages du mot « politique ». Il vaut peut-être la peine de citer ce texte, dans lequel Carl Schmitt défend la célèbre première phrase de son livre en assurant au professeur d'histoire ancienne que l'emploi du mot « politique » dans l'expression « le concept du politique » correspond bel et bien au « mot grec » et que la *polis* grecque restera toujours « là », aussi longtemps du moins que nous utiliserons encore le mot « la politique ».

> Der erste Satz (« der Begriff des Staates *setzt* den Begriff des Politischen *voraus* ») hat es in sich (also das *griechische Wort* !). In diesem Zusammenhang

"Begriff des Politischen" gekümmert » (Meier 1988, 542, qui cite à l'appui les mots d'Ernst Jünger à la parution du livre).

1. On peut se demander si, comme le suggère aussi une phrase ultérieure de l'article, ce n'est pas cette préface à la réédition de 1963 qui a été l'élément déclenchant du livre de Christian Meier (*ibid.*, 551). Le professeur Meier a bien voulu me préciser qu'il ne connaissait pas personnellement Carl Schmitt avant 1967, et que cette hypothèse est donc fragile: « Aber wer weiß das ? Nachträglich kann ich das nicht mehr rekonstruiren » (Meier 2010 *per litt.*).

> ist ein Satz von Hannah Arendt, in der *Zeitschrift Merkur* Nr. 240 (Seite 313) wichtig : « … in der Sprache sitzt das Vergangene unausrottbar […]. Die griechische Polis wird so lange am Grunde unserer politischen Existenz, auf dem Meeresgrunde also, weiter da sein, als wir das Wort “Politik” im Munde führen. »
>
> La première phrase (« Le concept d’État *présuppose* le concept de politique ») a la notion en elle (c’est-à-dire, le *mot grec* !). Une phrase de Hannah Arendt est importante dans ce contexte : « Le passé est inscrit dans le langage d’une façon inextirpable […]. La Polis grecque continuera d’être là au fondement de notre existence politique, comme au fond de la mer, aussi longtemps que nous aurons le mot “politique” à la bouche. »

La référence à Hannah Arendt[1] est notable, car son influence semble très nette sur Christian Meier lui-même, notamment, comme on l’a vu, dans les analyses qu’il fait de la « présence civique » à Athènes, justement pour corriger Schmitt. Mais Meier, tout en saluant la référence, observe ensuite que Schmitt ne tient aucun compte de la cité grecque antique, de ce *Dasein* (pour employer plus nettement le vocabulaire heideggerien ici commun à Schmitt, Arendt et Meier) de la Polis grecque. L’égalité des citoyens et le sens de la communauté ont disparu du concept schmittien[2].

---

1. Sur H. Arendt et la philosophie politique grecque classique, je me permets de renvoyer à Demont 2002, où l’on trouvera une première bibliographie. 2. Meier 1988, 543.

> Die griechische Bedeutung von « politisch », also « bürgerlich » (mit dem Akzent auf die politische Gleichheit der Bürger), « im Sinne des Ganzen », « gemeinsam », hat sich daraus in Schmitts Verständnis restlos verloren.

> La signification grecque de « politique », donc « civique » (avec l'accent mis sur l'égalité politique des citoyens), « dans le sens de la collectivité », « commun », a donc complètement disparu dans l'interprétation de Schmitt.

Si bien que Meier va jusqu'à parler d'une « usurpation » (« ja, Usurpation ») par Schmitt du mot « politique », en se référant d'ailleurs à une analyse comparable faite par Leo Strauss dès 1932[1], et d'une façon beaucoup plus affirmée et polémique que dans son livre de 1980[2]. On comprend pourquoi il ne fait intervenir que de façon en quelque sorte accessoire, dans son analyse des *Euménides*, la question de l'alliance avec Argos et de la guerre extérieure : « Le concept d'ennemi ne joue absolument aucun rôle dans la plus grande part de la politique[3]. »

Christian Meier peut alors, dans une seconde partie, moyennant « l'inflexion » (« Wendung ») qu'il fait subir à l'utilisation schmittienne de l'opposition ami/ennemi, expliquer sa propre tentative de définir

1. Sur ce « dialogue entre absents », cf. Meier, H. (1990).
2. « Je pense que la capacité de distinguer ami et ennemi n'est pas le critère du politique, mais seulement de l'unité politique » (*ibid.*, 545 ; « nur dasjenige der politischen Einheit »). Voir cependant déjà Meier 1995, 30-31.
3. Meier 1988, 547.

le politique et résumer les analyses de son livre. Le sentiment de l'ennemi permet de fonder *l'unité politique* face à l'extérieur, mais le politique implique aussi l'effacement, la neutralisation de ce sentiment à l'intérieur, entre les citoyens, si l'on étudie « l'histoire de la façon élémentaire dont les hommes se regroupent de façon politique [...] pour rendre possible protection, sécurité de l'existence et aussi, en particulier, décisions[1] », ce qui implique l'étude de la cité grecque, du politique comme citoyenneté, du pouvoir politique comme alternance et non comme domination. Or, même dans cette optique, maintient Christian Meier, « d'une façon très frappante », « les plus importantes (certes pas les plus extrêmes) conclusions de Carl Schmitt » se vérifient dans le premier texte sur le politique, selon lui, à savoir *Les Euménides* d'Eschyle[2].

La fin de l'étude s'éloigne du politique grec, pour aborder en particulier le parcours qui a conduit Schmitt de la théorie de l'ami et de l'ennemi à l'antisémitisme[3], et je la laisse donc de côté. On peut constater au moins un écart entre l'analyse que j'ai proposée et l'auto-analyse de Christian Meier : dans sa contribution au colloque sur Carl Schmitt, il ne mentionne la question de la « décision » qu'en passant, dans le passage que je viens de citer, alors que c'est un point de contact très important entre les deux auteurs, peut-être l'aspect le plus personnel de l'analyse des *Euménides* proposée par Meier, et que c'est

---

1. *Ibid.*, 550. 2. *Ibid.*, 551. 3. Voir sur ce point, par exemple, Jean-Pierre Faye, « Carl Schmitt, Göring et l'État total », dans Zarka 2009, 161-181.

un aspect essentiel de la théorie de Schmitt[1]. Il est vrai que c'est précisément le point le plus délicat de la référence, puisque l'inflexion proposée aboutit en fait à un renversement de la définition initiale, et que cela reste une aporie toujours actuelle de la pensée politique idéaliste, et peut-être de la pensée politique en général[2].

Évoquons brièvement pour finir la façon dont le livre de Meier a été introduit dans la discussion publique en France, principalement par l'entremise de Paul Veyne, qui l'invita au Collège de France. Il préfaça ensuite, en 1984, le premier livre de Christian Meier publié en français, son *Introduction à l'anthropologie politique de l'Antiquité classique*[3], issue de ses leçons au Collège de France, en le présentant comme étant à la fois un « historien » et un « politologue » construisant une histoire politique non événementielle, en somme comparable, dit-il, à la

---

1. En un sens différent, Meier, *per litt.* 2010 : « Es war vielerlei, was man bei C. S. lernen konnte. Einerseits eben zu Freund und Feind und zu Dezision, andererseits zu Politischen » (« On pouvait apprendre bien des choses chez C. S., d'un côté sur l'ami et l'ennemi et sur la décision, de l'autre sur le politique »). **2.** Le professeur Meier m'écrit à ce propos : « Dieses "Politische" hat mich sehr gequält. Ich hatte immer (und habe ich heute) das Gefühl, daß es ein wesentliches Thema war – sowie man es von C. S. ausgehend konzipieren könnte. Aber ich bin eigentlich nie ganz zufrieden mit meinen Ausführungen darüber gewesen » (« Ce "politique" m'a beaucoup tourmenté. J'ai toujours eu, et j'ai encore aujourd'hui, le sentiment que c'était un thème important – la façon dont on pourrait le concevoir en partant de C. S. Mais à vrai dire je n'ai jamais été entièrement satisfait de mes analyses à son propos », Meier, *per litt.* 2010). **3.** Meier 1984, 5-6.

perspective de « notre École des Annales ». Paul Veyne laisse entendre que c'est lui qui a introduit dans le titre du livre la notion d'« anthropologie politique ». Ainsi, il rapprochait l'auteur du courant français de l'anthropologie de la Grèce antique, dont il est l'un des représentants les plus connus. Si Christian Meier lui-même, dans la postface de son second ouvrage publié en français, son essai *De la tragédie grecque comme art politique*[1], déclare avoir utilisé avec profit les travaux de « l'école de Jean-Pierre Vernant » sur « les structures profondes de la pensée grecque », il ajoute qu'il trouve ses observations « trop largement axées sur des structures profondes, universelles », et qu'il veut « cerner de façon plus nette et plus rigoureuse le caractère original du corps civique athénien »[2]. La construction de ce rapport à l'anthropologie telle qu'elle était pratiquée en France a fait l'objet d'une communication dans le volume d'études consacrées spécifiquement à l'œuvre de Christian Meier[3] et une autre communication du même volume, consacrée à l'interprétation de la tragédie classique par Meier, discute avec une certaine précision l'éventuelle complémentarité entre lui-même et les travaux de Jean-Pierre Vernant et de ses compagnons de lutte (« mit Jean-Pierre Vernant und seinen "Mitstreitern" ») sur les rapports entre la politique et la tragédie, ainsi que les critiques de cette conception politique de la tragédie qui ont été formulées, entre

1. Meier 1991, 269-271 (première édition allemande en 1988).
2. Réticences du même genre (et signalées par Martin 2008, 61) à l'égard des travaux de Sally Humphreys dans Meier 1995, 356-357, n. 17.
3. Martin 2008, 61-69.

autres, par Simon Goldhill[1], et, ajoutons-le, par Nicole Loraux, dans une sorte de palinodie. Mais il semble bien que la réception française des travaux de Christian Meier sur « le politique » ait en partie reposé sur un malentendu autour de la notion même d'anthropologie, qui n'a pas le même sens en allemand, où il désigne l'étude de l'homme en général et des « structures profondes » de son esprit, et en français, où il est employé, en un sens anglo-saxon, d'une façon assez comparable à l'emploi du mot « ethnologie ». En tout cas, elle n'a guère pris en compte sa tentative de légitimer d'un point de vue démocratique, en se fondant sur l'étude de l'Athènes classique, une partie des analyses de Carl Schmitt[2].

---

1. Seidensticker 2008, 71-85, notamment 75-78. 2. Sur le sens du mot en allemand, cf. par exemple Hose 2009, 7-8. On trouvera une critique virulente du concept de « politique » dans Detienne 2005, 144-176 (« Des comparables sur les balcons du politique ») : Carl Schmitt et sans doute Christian Meier y sont implicitement visés dans une allusion p. 149 où M. Detienne dit ne pas vouloir « perdre de temps » à « inventorier » les analyses « de l'invention *du* politique » à partir de « la distinction de l'ami et de l'ennemi ». Marcel Detienne, lui, analyse des sociétés politiques variées selon une méthode comparative entièrement différente de celle de Christian Meier. Pour une autre critique, non moins virulente, adressée à l'usage conscient du « concept de politique » comme « mythe » (« instrument de combat contre le rationalisme politique, en particulier celui de la démocratie libérale où le politique se dégrade et se décompose en négociations et discussions », 10), cf. l'introduction d'Yves Charles Zarka dans Zarka 2009, 9-14. On trouvera un état plus récent de la réflexion de Christian Meier sur le politique dans son étude (que je le remercie de m'avoir communiquée) « Polis und Staat. Zwei Ausprägungen des Politischen und die Frage nach seiner Zukunft »,

Bibliographie

BAUER, St. (2001), *Polisbild und Demokratieverständnis in Jacob Burckhardts « Griechischer Kulturgeschichte »*, Schwabe, Basel et Beck, München (Beiträge zu Jacob Burckhardt, Bd 3), 2001.

BERNETT, M., NIPPEL, W., WINTERLING, A., dir. (2008), *Christian Meier zur Diskussion* (Autorenkolloquium am Zentrum für Interdisziplinäre Forschung der Universität Bielefeld), Steiner, Stuttgart, 2008.

DEMONT, P. (2002), « Hannah Arendt et la philosophie politique grecque », *Cahiers de la Villa Kérylos*, 13, 2002, 21-41 (Colloque « Tradition classique et modernité », éd. A. Michel et J. Leclant).

DEMONT, P. *à paraître*, « Y a-t-il une science du politique ? Les débats athéniens de l'époque classique », *in* Actes du Congrès Guillaume Budé de Montpellier [septembre 2008].

DETIENNE, M. (2005), *Les Grecs et nous. Une anthropologie comparée de la Grèce ancienne*, Perrin, Paris, 2005.

Entretiens (2009), *Entretiens sur l'Antiquité classique* (tome LV) : *Eschyle à l'aube du théâtre occidental.* Neuf exposés suivis de discussions, par M. Griffith, J. Jouanna, R. Parker, G. Avezzu, B. Seidensticker, P. Judet de La Combe, A. J. Podlecki, F. Montanari, F. Macintosh, Fondation Hardt pour l'étude de l'Antiquité classique, Vandœuvres-Genève, 2009.

HOSE, M. (2009), *Euripides als Anthropologe*, München (Bayerische Akademie der Wissenschaften, Sitzungsberichte, 2009, 2).

---

dans *Der Mensch – ein* zôon politikon *?*, éd. H. Schmidinger et Cl. Sedmak, Darmstadt, 2006, 25-46.

LOMAX, J. HARVEY (2000), « Carl Schmitt, Heinrich Meier and the End of Philosophy », *Interpretation*, 28, 2000, 51-78.

MARTIN, J. (2008), « Zur Anthropologie des politischen Denkens », *in* Bernett, Nippel, Winterling 2008.

MEIER, Chr. (1984), *Introduction à l'anthropologie politique de l'Antiquité classique*, Essais et conférences du Collège de France, PUF, Paris, 1984 (traduction Pierre Blanchaud).

MEIER, Chr. (1988), « Zu Carl Schmitts Begriffsbildung – Das Politische und der Nomos », in *Complexio Oppositorum. Über Carl Schmitt*, Helmut Quaritsch (Hg.), Berlin, 1988.

MEIER, Chr. (1991), *De la tragédie grecque comme art politique*, Les Belles Lettres, Paris, 1991 (traduction Marielle Carlier, seconde édition 2004, dans la collection « Histoire » dirigée par Michel Desgranges et Pierre Vidal-Naquet).

MEIER, Chr. (1995), *La Naissance du politique*, Gallimard, Paris, 1995 (traduction Denis Trierweiler, avec la collaboration de Fr. Laroche, Chr. Martin et W. Kolecki, première édition allemande 1980).

MEIER, Chr. *per litt.* (2010), Lettre manuscrite du professeur Christian Meier (07/05/2010).

MEIER, H. (1990), *Carl Schmitt, Léo Strauss et la notion de politique. Un dialogue entre absents*, Julliard, Paris, 1990 (traduction Pierre Manent ; première édition allemande 1988).

SCHMITT, C. (1972), *La Notion de politique* suivi de *Théorie du partisan*, Calmann-Lévy, Paris, 1972 (préface de Julien Freund, traduction de Marie-Louise Steinhauser, première édition allemande 1932).

SCHMITT, C. (1988), *Théologie politique*, Gallimard, Paris, 1988 (traduction Jean-Louis Schlegel, regroupant

Politische Theologie. Vier Kapitel zur Lehre von der Souveränitat, 1922 [le texte traduit est celui de la réédition de 1934] et *Politische Theologie II. Die Legende von der Erledigung jeder Politischen Theologie*, 1970).

SCHMITT, C. (1995), *Les Trois Types de pensée juridique*, PUF, Paris, 1995 (traduction D. Seglard, première édition allemande 1934).

SEIDENSTICKER, B. (2008), « Tragödie und Polis », *in* Bernett, Nippel, Winterling 2008.

SOMMERSTEIN, A. H., éd. (1989), Aeschylus, *Eumenides*, Cambridge, 1989.

TRIERWEILER, D. (2009), « Georges Sorel et Carl Schmitt. D'une théorie politique du mythe à l'autre », *in* Zarka 2009, 15-46.

TUCHSCHERER, E. (2004), « Le *Léviathan* dans la doctrine politique de Thomas Hobbes : sens et échec du décisionnisme politique », *Asterion* [revue en ligne], 2.

ZARKA, Y. Ch., éd. (2009), *Carl Schmitt ou le Mythe du politique*, PUF, Paris, 2009.

Paul DEMONT.

CHRONOLOGIE

534 avant J.-C. Premier concours tragique aux Grandes Dionysies (Athènes est alors dirigée par Pisistrate).

528/527. Mort de Pisistrate ; ses fils Hippias et Hipparque lui succèdent.

526/525. Naissance d'Eschyle.

510. Expulsion du dernier des fils de Pisistrate, Hippias.

508. Réformes administratives et constitutionnelles de Clisthène qui fondent la démocratie athénienne.

Début du ve siècle. Construction d'un théâtre en bordure du sanctuaire de Dionysos Éleuthéreus, sur le flanc sud de l'Acropole.

496. Naissance de Sophocle et première participation d'Eschyle au concours tragique.

494. Darius achève de réprimer la révolte de l'Ionie ; Milet est rasée par les Perses.

490. Première guerre Médique ; Eschyle combat à Marathon.

485. Premier concours comique aux Grandes Dionysies.

484. Naissance d'Euripide et première victoire d'Eschyle au concours tragique.

480/479. Deuxième guerre Médique ; Eschyle combat à Salamine.

476. Le poète tragique Phrynichos fait représenter une pièce intitulée *Les Phéniciennes* qui célèbre, comme *Les Perses* d'Eschyle, la victoire des Grecs sur les Perses.

472. Eschyle, *Les Perses* (c'est la plus ancienne tragédie conservée). Périclès est chorège ; Eschyle remporte la victoire.

471/470. Eschyle en Sicile, à la cour d'Hiéron de Syracuse.

468. Première victoire de Sophocle.

467. Eschyle, *Les Sept contre Thèbes* (les deux premières pièces de la trilogie, *Laïos* et *Œdipe*, sont perdues).

463 (?). Eschyle, *Les Suppliantes* (les deux autres pièces de la trilogie, *Les Égyptiens* et *Les Danaïdes*, sont perdues).

462/461. Réformes d'Éphialte, qui prive l'Aréopage, vieux tribunal aristocratique, de toutes ses attributions politiques, ne lui laissant que la juridiction des crimes religieux, notamment les crimes de sang.

Athènes s'allie avec Argos contre Sparte.

458. *L'Orestie* ; victoire d'Eschyle.

457/456. Deuxième séjour d'Eschyle en Sicile. Il meurt en 456 à Géla, où se trouve son tombeau.

455. Première participation d'Euripide au concours tragique.

449. Organisation d'un concours d'acteurs tragiques aux Grandes Dionysies.

407/406. Mort d'Euripide ; peu de temps après, mort de Sophocle.

On ignore absolument la date à laquelle fut représenté le *Prométhée enchaîné* ; son attribution à Eschyle reste contestée.

NOTE BIBLIOGRAPHIQUE

Le théâtre classique ; la tragédie

BALDRY H. C., *Le Théâtre tragique des Grecs* (trad. de l'anglais), Paris, 1975.

DEMONT P. et LEBEAU A., *Introduction au théâtre grec antique*, Le Livre de Poche, collection « Références » n° 525, 1996.

MORETTI J.-Ch., *Théâtre et société dans la Grèce antique*, Le Livre de Poche, collection « Références » n° 585, 2001.

ROMILLY J. de, *La Tragédie grecque*, Paris, 1970.

VERNANT J.-P. et VIDAL-NAQUET P., *Mythe et tragédie en Grèce ancienne I*, Paris, 1972.

L'Orestie *: éditions commentées*

BOLLACK J. et JUDET DE LA COMBE P., *L'*Agamemnon *d'Eschyle*, Lille, 1981-2001 (5 vol.).

Denniston J. D. et Page D. L., *Aeschylus. Agamemnon*, Oxford, 1957.

Fraenkel E., *Aeschylus' Agamemnon*, Oxford, 1950 (3 vol.).

Garvie A. F., *Aeschylus. Choephori*, Oxford, 1986.

Podlecki A. J., *Aeschylus. Eumenides*, Warminster, 1989.

Sommerstein A. H., *Aeschylus. Eumenides*, Cambridge, 1989.

Études et commentaires

Alaux J., *Le Liège et le Filet*, Paris, Belin, 1995.

Électre (Eschyle, *Les Choéphores* ; Euripide, *Électre* ; Sophocle, *Électre*), Le Livre de Poche « Classiques », n° 21008, 2005.

Eschyle à l'aube du théâtre occidental, Entretiens de la Fondation Hardt, tome LV, Genève, 2009.

Oxford Readings in Classical Studies. Aeschylus, M. Lloyd éd., Oxford, 2007.

Conacher D. J., *Aeschylus' Oresteia. A literary commentary*, University of Toronto Press, 1987.

Deforge B., *Eschyle poète cosmique*, Paris, 1986.

Gagarin M., *Aeschylean drama*, Berkeley - Los Angeles, 1976.

Lebeck A., *The Oresteia. A study in language and structure*, Cambridge, Mass., 1971.

Meier Chr., *De la tragédie grecque comme art politique*, trad. de l'allemand, Paris, Les Belles Lettres, 1991.

MOREAU A., *Eschyle : la violence et le chaos*, Paris, Les Belles Lettres, 1985.

PODLECKI A. J., *The political background of Aeschylean tragedy*, Ann Arbor, 1966.

REINHARDT K., *Aischylos als Regisseur und Theologe*, Berne, 1948 ; traduction française : *Eschyle, Euripide*, Éd. de Minuit, 1972.

ROMILLY J. de, *La Crainte et l'Angoisse dans le théâtre d'Eschyle*, Paris, Les Belles Lettres, 1958.

ROSENMEYER T. G., *The Art of Aeschylus*, Berkeley, 1982.

SOMMERSTEIN A., *Aeschylean tragedy*, Bari, Levante Editori, 1996.

TAPLIN O., *The stagecraft of Aeschylus. The dramatic use of exits and entrances in Greek tragedy*, Oxford, 1977.

WINNINGTON-INGRAM R. P., *Studies in Aeschylus*, Cambridge, 1983.

Table

L'Antiquité grecque et le théâtre dans Le Livre de Poche

PAUL DEMONT et ANNE LEBEAU

Introduction au théâtre grec antique n° 525

Les grandes étapes de la formation et du développement du théâtre grec antique : genèse des spectacles, description des représentations au siècle de Périclès, âge d'or de la production théâtrale, lien entre théâtre et cité…

ROBERT GRAVES

Les Mythes grecs La Pochothèque

Près de 200 mythes, de la création de l'Olympe et de la vie de ses dieux jusqu'à l'*Iliade* et l'*Odyssée*. Une somme qui s'est imposée au fil des décennies comme l'un des livres de référence les plus suggestifs et les plus stimulants pour une relecture moderne des « fables antiques ».

FRANÇOIS LEFÈVRE

Histoire du monde grec antique n° 606

Les principales étapes de l'histoire grecque, des civilisations minoenne et mycénienne au monde archaïque et aux guerres médiques, du siècle de Périclès à l'hégémonie macédonienne, d'Alexandre à la civilisation hellénistique, sont retracées avec élégance et précision.

Pierre Lévêque

L'Aventure grecque n° 449

Cinq mille ans d'Antiquité en Grèce et dans le monde grec, des premiers établissements néolithiques jusqu'à la conquête romaine, et des confins de la mer Noire et de l'Inde à l'Europe occidentale, illustrant le dynamisme d'un peuple qui a fondé la culture classique dont nous avons recueilli l'héritage.

Jean-Charles Moretti

Théâtre et société dans la Grèce antique n° 585

Le théâtre est certainement la partie la plus immédiatement accessible de l'héritage grec antique : les tragédies d'Eschyle, de Sophocle, d'Euripide, les comédies d'Aristophane ne cessent d'être reprises et interprétées avec la liberté que supportent les grands textes. Mais que savons-nous des pratiques théâtrales des Grecs, à quelle fin ces chefs-d'œuvre ont-ils été créés, qui les jouait, qu'est-ce qu'une mise en scène antique, comment se présentaient les lieux de théâtre, qui les fréquentait ?

Les Tragiques grecs

Œuvres complètes La Pochothèque

Eschyle : Les Perses / Les Sept contre Thèbes / Les Suppliantes / L'Orestie : Agamemnon, Les Choéphores, Les Euménides / Prométhée enchaîné.
Sophocle : Ajax / Antigone / Les Trachiniennes / Œdipe-Roi / Électre / Philoctète / Œdipe à Colone / Les Limiers (fragments).
Euripide : Alceste / Médée / Les Enfants d'Héraclès / Hippolyte / Andromaque / Hécube / Les Suppliantes / Électre / Les Troyennes / La Folie d'Héraclès / Iphigénie en Tauride / Ion / Hélène / Les Phéniciennes / Oreste /

Les Bacchantes / Iphigénie à Aulis / Rhésos / Le Cyclope / Hypsipyle (fragments) / Phaéthon (fragments).

Sans oublier, dans les collections « Classiques » et « Théâtre » du Livre de Poche, *Poétique* (Aristote), *La Théogonie* (Hésiode), l'*Iliade* et l'*Odyssée* (Homère), *Théâtre* (Ménandre), *Antigone* et *Œdipe-Roi* (Sophocle), *Électre* (Sphocle, Eschyle et Euripide)…

Composition réalisée par PCA

Achevé d'imprimer en juin 2011, en France sur Presse Offset par
Maury-Imprimeur - 45330 Malesherbes
N° d'imprimeur : 165574
Dépôt légal 1re publication : juillet 2011
LIBRAIRIE GÉNÉRALE FRANÇAISE - 31, rue de Fleurus - 75278 Paris Cedex 06

30/8915/8